中华魂

ZHONGHUAHUN

百部爱国故事丛书

碧血染将天地红

——抗日女英雄赵一曼

张书印　张乃琳　编著

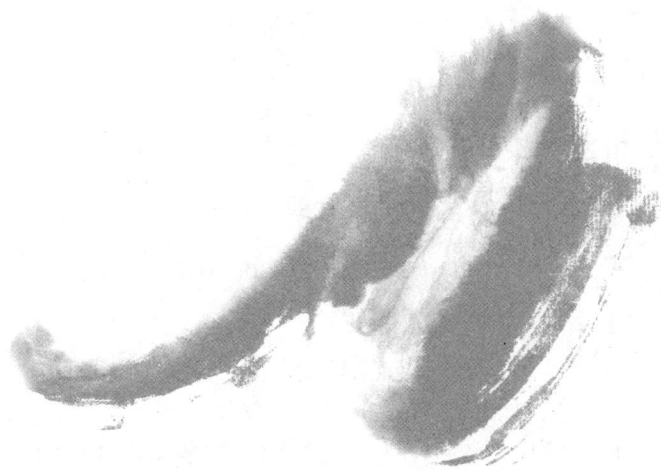

吉林人民出版社

图书在版编目（CIP）数据

碧血染将天地红：抗日女英雄赵一曼 / 张书印，张
乃琳编著 . — 长春：吉林人民出版社，2011.3（2021.8 重印）
（中华魂·百部爱国故事丛书）
ISBN 978-7-206-07507-0

Ⅰ . ①碧⋯ Ⅱ . ①张⋯ ②张⋯ Ⅲ . ①革命故事—中
国—当代 Ⅳ . ① I247.8

中国版本图书馆 CIP 数据核字 (2011) 第 032568 号

碧血染将天地红
——抗日女英雄赵一曼
BIXUE RANJIANG TIANDIHONG
——KANGRI NÜYINGXIONG ZHAOYIMAN

编　　著 : 张书印　张乃琳
责任编辑 : 杨兴煜　　　　封面设计 : 孙浩瀚
制　　作 : 吉林人民出版社图文设计印务中心
吉林人民出版社出版 发行（长春市人民大街7548号 邮政编码:130022）
印　刷 : 北京一鑫印务有限责任公司
开　本 : 787mm×1092mm　1/16
印　张 : 8　　　　字　数 : 64千字
标准书号 : ISBN 978-7-206-07507-0
版　次 : 2011年3月第1版　印　次 : 2021年8月第2次印刷
定　价 : 35.00 元

总　序

胡维革

　　《中华魂》是一套故事丛书。它汇集了我国自鸦片战争以来一百七十余年间的96位民族英雄、仁人志士、革命领袖、先进模范人物的生动感人史迹,表现了作为中华民族优秀传统的伟大的爱国主义精神。

　　爱国主义是人们对于"生于斯、长于斯、衣食于斯"的祖国的一种神圣感情,是人们对于自己民族的一种强烈的责任感和使命感,是感召和激励整个中华民族的一面永不褪色的旗帜。在一百多年的中国近现代史上,爱国主义一直激励着中华儿女为祖国的独立、统一、进步和繁荣而英勇奋斗。从"苟利国家生死以,岂因祸福避趋之"的林则徐,到"我自横刀向天笑,去留肝胆两昆仑"的谭嗣同;从"铁肩担道义,妙手著文章"的李大钊,到"红枪白马女政委,碧血染将天地红"的赵一曼;从"县委书记的好榜样"的焦裕禄,到"问鼎长天,扬我国威"的邓稼先……都表现出了强烈的爱国主义精神。正是由于热爱祖国的人们前仆后继地奋斗,国家和民族才得以生存,历经一次次历史危机关头而能转危为安,走向兴盛和富强,从而屹立于世界民族之林。爱国主义是鼓舞中华儿女历经忧患、跨越沧桑、百折不挠、自强不息的伟大力量,它贯穿于中华民族的整个历史,并有力地凝聚着五洲四海的中国人。

爱国主义是一个历史的范畴,在社会发展的不同阶段、不同时期有不同的具体内容。革命时期,需要我们为祖国的独立自主出生入死;建设时期,需要我们为祖国的繁荣富强增砖添瓦。在全国各族人民团结一心建设富强、民主、文明、和谐的社会主义现代化国家的今天，我们要争做一名新时期的爱国者。新时期的爱国者要有强烈的民族自尊心、自豪感。民族自尊心、自豪感是任何时期任何爱国者都必须具备的情感。民族自尊心能增强我们自立向上的恒心，民族自豪感能树立我们建设祖国的信心。要树立"祖国高于一切"的崇高信念，为了祖国和人民的利益不惜抛却个人的利益，甚至不惜牺牲个人的生命。要树立终身学习的理念，拓宽自己的知识面，广泛吸收新知识新技术，完善自身的知识结构，更新学习知识的方法与理念，从思想上、知识上充分武装自己，为祖国的繁荣昌盛贡献力量。

爱国主义思想的继承和发扬，是关系到民族盛衰、国家兴亡的根本问题。一代代人爱国主义思想情操的形成，需要不断地培养。培养爱国主义的一个重要途径是向爱国主义的英雄人物和典范事迹学习。这套丛书的出版,对于人们向英雄和先进人物学习,特别是对于在中小学生中进行爱国主义教育,将可提供一些生动的教材。祝愿此书出版发行成功,为培养"四有"新人作出贡献。

2010 年 11 月 15 日

中华魂
百部爱国故事丛书

编 委 会

誓志为民不为家，
涉江渡海走天涯。
……
白山黑水除敌寇，
笑看旌旗红似花。

——赵一曼

目　录

赵一曼烈士是东北抗日联军的一位杰出的女战士，牺牲的时候年仅30岁。她把自己年轻的生命贡献给了中华民族的解放事业。

冲破封建牢笼

1905年在中国近代史上发生过一件大事，那就是中国资产阶级民主革命的先行者孙中山先生在日本东京创建了中国资产阶级的第一个政党组织——中国同盟会。本书的主人公赵一曼，就出生于这一年的10月。

赵一曼本来不姓赵，而是姓李，她家居住在四川宜宾县城北50里的白杨嘴村。她的父亲是个乡村郎中，叫李鸿绪。

李鸿绪夫妇共生育了八个孩子，六女二男。赵一曼乳名淑端，在六个女孩子中，她是最小的一个，因此，家人都叫她"么妹子"。

李鸿绪很开通，他把几个女儿都送去私塾

读书。小淑端8岁时与哥哥家的小侄儿一起进了私塾。父亲在这时给她起了个学名叫李坤泰。

小坤泰很爱学习,家里人常听她叨咕:"我以后要上中学,要出国留洋!"哥哥家的侄儿们常起哄:"快来看呵!留洋学生来喽!"她满不在乎:"我就是要留洋,气死你们!"。

妈妈虽然很疼爱这个么妹子,但对她的野性劲儿却越来越担心,"哎哟!你这个野妹子针线活不学,脚也不裹,耳朵眼也不扎,以后可怎么嫁人呐"。坤泰妈妈唠叨的三件大事,最关键的还是裹脚。因为当时脚的大小是衡量一个女人是否有价值,是否能出嫁的一个重要标准。自南唐李后主在宫中提倡舞女缠足裹小脚以来,经过数百年的代代相袭,缠足已成为束缚、摧残中国妇女的一个严重陋习。清代开国之初,康熙皇帝励精图治,除弊兴利,下令天下禁止女子缠足,可仍是无济于事。缠足的恶习仍然蔓延于全国。女子如果不是"三寸金莲"一走路直摇晃的小脚，就会没有男人敢迎娶她作妻子，就会被看作是一个不守名节的女人。这种陋习不知摧残了多少中国女子！

坤泰的妈妈为了么妹子以后的前程，处心积虑要想办法给坤泰裹小脚。一般有教养的人家，女孩子裹脚的年龄在6到8岁，而如今坤泰已经10岁了，已经成为被人耻笑的对象了。一次，妈妈叫来小坤泰，和颜悦色地跟她说："么妹子，不能那么没日没夜地野下去了，你没看人家比你小的孩子都裹脚了吗？你不裹脚以后就没有人娶你当媳妇，一辈子怎么过呀？来，妈给你裹上脚，一点也不疼，然后妈再教你做针

线活。"小坤泰对能不能当媳妇倒是不感兴趣，她感兴趣的是裹脚本身："妈妈既然这么说，裹脚也许是挺好玩的事吧？"妈妈一见小坤泰顺从了，于是就拿出了早已准备好的裹脚布，开始给坤泰裹脚。妈妈刚一动手，坤泰就已体会到裹脚并不是一件好玩的事。越裹越紧，越紧越疼，坤泰先是大喊大叫，后来便是手足并用拼命挣扎，并边哭边喊："疼死啦！疼死啦！姐姐、姐姐，快救命啊！大伙快来呀！"

裹脚布被坤泰蹬得满地都是，第一次裹脚便在一场暴风骤雨中以失败而告终。

以后坤泰的妈妈又做了几次给她裹脚的尝试，尽管她是费尽心机，软硬兼施，坤泰却是再也不肯上这个当了。妈妈来软的一手时，坤泰就滚在妈妈怀里撒娇撒痴，使心慈面软的老太太下不了狠心。妈妈来硬的，则坤泰照例是大哭大闹不肯就范。总之，直到坤泰离家出走时为止，她仍然保留着一双不受侵犯的天足——这是我们的英雄赵一曼对封建旧势力斗争所取得的第一回合的胜利。

小坤泰13岁那年（1918年）父亲李鸿绪因病去世，于是主持李家家政的大权就落到了大哥李席儒的手中。当时，虽然五四新文化运动已在中国大地兴起，但四川因交通闭塞等原因，还是十分封闭、守旧的，李席儒更是一个满脑子封建礼教、主张女子无才便是德的人。他对小坤泰的一些作为早已不满，因此，执掌家政不久，就开始用封建的家法来管教小坤泰。他认定，小坤泰敢于违背古训，不裹足，根子就是读邪书读的。有一次，趁坤泰不在，他将坤泰房间里除子曰诗云之类的书籍全部付之一炬，烧了个精光。坤泰回来后，大为愤怒，她质问大哥，"你凭什么烧我的书？"李席儒也怒气冲冲，"这些邪书净往坏路上领你。我是一家之主，有责任管教你。你要再看这些邪书我就打死你！"坤泰毫不惧色："只要我不死，我还是要看！"以后的几年里，围绕着读书的问题，小坤泰同大哥李席儒进行了针锋相对的斗争。后来在已走上革命道路的大姐夫郑佑之和二姐李坤杰的帮助下，坤泰也加入了共青团，并在家乡组织了妇女

赵一曼纪念馆

赵一曼纪念馆，位于四川省宜宾市翠屏山腰的翠屏书院，是四川省宜宾市政府为纪念中国共产党的优秀党员、杰出的抗日民族英雄赵一曼烈士于1960年修建的，占地3120平方米，建筑面积547平方米。纪念馆内共设有三个展厅和一个宜宾地方党史陈列室。第一展厅陈列朱德、陈云等党和国家领导的题词及赵一曼烈士的大事年表、生平简介；第二展厅介绍赵一曼从一个大家闺秀演变成为一个坚定的共产主义者的过程；第三展厅介绍赵一曼在东北组织领导工人运动，参加东北抗日联军英勇杀敌的光辉业绩及被俘后英勇就义的悲壮情景。

解放同盟，进行维护妇女权益、反抗虐待妇女的斗争。

以李席儒为代表的封建旧势力对坤泰恨之入骨，他们串通一气，对坤泰施加压力，并企图以宗法来"惩处"坤泰，对她暗下毒手。在妈妈和弟弟的帮助下，坤泰逃离了家乡。

白山黑水 民族魂

—— 来自东北抗联赵一曼烈士英雄事迹的报告

60年前的那一天，悍然践踏中国领土的日本侵略者宣布投降，和平的曙光照亮了古老的东方大地。60年后这一刻，人们用各种方式回顾历史，警醒未来。

一部黑白电影故事片《赵一曼》，曾风靡整个中国。半个多世纪过去了，这个抗日民族女英雄的名字，几乎成了一个民族的集体记忆。8月8日至17日，在中国人民抗日战争暨世界反法西斯胜利60周年以及赵一曼诞辰100周年之际，由宜宾市委宣传部、宜宾新闻协会组织的

长白山天池——抗联活动地点之一

东北抗日联军转战在白山黑水之间

赴黑龙江哈尔滨异地采访团，追寻着当年赵一曼的足迹，踏上了东北这片黑土地，亲临赵一曼当年战斗生活就义所在地，深切缅怀先烈，感受不同层面的真实的赵一曼。

身为赵一曼的家乡人，走进北国冰城哈尔滨，走进"一曼街"、"一曼公园"、"一曼村"、"一曼屯"、"一曼雕像"，走进东北烈士纪念馆、《918事变纪念馆》……我们看到了"挎双枪、骑白马"英姿飒爽的女政委、"意志坚定、

碧血染将天地红 bi xue ran jiang tian di hong

——抗日女英雄赵一曼

经验丰富"的职业革命家、"宁死不屈、英勇就义"的赵一曼。

赵一曼，四川宜宾人。参加革命后在上海等地从事党的地下工作。"九一八"事变不久，为了国家和民族的存亡，赵一曼舍子从戎、奔赴东北。她组织了一系列宣传抗日的活动，而后带领一支游击队驰骋于白山黑水之间，"红枪白马"的英姿令日寇闻风丧胆。

1932年春，赵一曼到了东北沈阳，先后在大英烟草公司和纱厂做女工工作。半年后，中共满洲省委迁到了黑龙江省的重要城市哈尔滨。她来到了哈尔滨，被分配在省委领导的省工会担任中共满洲省委委员，满洲省总工会组织部长。1933年10月，兼任哈尔滨总工会代理书记。

哈尔滨是个美丽的城市，高大的俄罗斯式的房屋，整齐的道路两旁绿树成荫，空气格外新鲜。但哈尔滨也是一个黑暗的城市，日本帝国主义无情地侵占了这里，蹂躏着中国人民，日寇、伪军、警察横行于市，白色恐怖笼罩的哈尔滨像是一座大监狱。赵一曼来到这里，是在日伪军的眼皮下从事党的秘密工作。

据方未艾老人回忆在哈尔滨时的赵一曼："她着一身古铜色的西式衣裙，穿一双深褐色的高跟皮鞋；她坐在一条长椅上，一只手拿着打开的手提包，对着里面的镜子，一只手拢着鬓边的短发，黄色微白的脸颊泛起微笑。她给人最初的印象很像书香门第的小姐，有一种高贵

抗联使用的武器

碧血染将天地红 bi xue ran jiang tian di hong

——抗日女英雄赵一曼

飘逸的风度……"。

在东北烈士纪念馆门前，记者看到赵一曼当年领导哈尔滨市电车工人大罢工的旧式有轨电车"一曼车"外观保存仍比较完好。据了解，在哈尔滨工作期间，赵一曼一面做党的机关工作，一面深入工厂做工人的发动工作。1933年4月2日，一个姓孙的日本警备司令部警备营的营长，穿着便衣上了一辆电车，不买票还把售票员拉到宪兵队毒打了一顿，当这个售票员被抬回车队时已被打得半死。电车工人们听到这个消息后，提出要罢工，抗议这一暴行。赵一曼与老曹及省委其它同志坚决支持和领导了哈尔滨市电车工人大罢工，电车厂的党团员和工人积极分子组成了罢工委员会。

这天深夜，赵一曼立刻投入到紧张的工作中。她刻蜡版、印传单整整忙了个通宵。第二天天刚亮，她就和工人们一起上街宣传、讲演。赵一曼气愤地对大家说："警备司令部的人坐车不买票，还打人，真够凶的！"她带着人群从一个车站走向下一个车站，她边走边向群众讲述日本帝国主义侵略中国的罪行和日伪勾结压迫工人，使工人们无法生活的事实。人越围越多，队伍越走越长。赵一曼从工人手中接过一张正在传递的传单，高声朗读起来："同胞们，日本帝国主义侵占了我们东北国土，把我们像奴隶牛马一般看待……。"这次罢工一直坚持了两天半，战胜了敌人的威胁、利诱和欺骗，迫使日本领事馆最后不得不表面接受了工人提出的保护工人生命安全、赔偿医疗费、惩办肇事凶手等条件，罢工取得了胜利。

被东北抗日联军炸毁的日军火车车厢

闹"仇教"英名震叙府

逃出家庭的牢笼后，李坤泰犹如笼中小鸟放飞大自然一样，兴高采烈地奔向宜宾县城。50里的土路，走了将近一天，傍晚时分，李坤泰来到了县城，很快找到了大姐夫郑佑之的家。

此时的郑佑之，已经是中共宜宾地下党组织的负责人。他的家成了中共党员和进步青年常常聚会的场所。坤泰很快就成为他们中的一名活跃分子。

郑佑之安排坤泰到宜宾女子中学就读。这样，在1926年的初春，李坤泰以李淑宁作为自己新的名字进

入宜宾女子中学，成为一年三班的插班生。

李淑宁一身土气的村姑打扮引起了全班同学的注意，当然也遭到了许多富豪学生们的蔑视，她在学习中也遇到了困难。虽然在家乡时读过不少书，识字不少，但关于国文方面的基础知识掌握不多，而对数学则更是所知甚少，因为私塾只讲究读书识字，是根本不学数学的。但是她的敢拼敢冲的倔强劲是早就出了名的，再加上她的聪明好学，所以便很快赶了上来。

使淑宁在几个月时间里成长为公认的学生领袖的并不全是她学习的刻苦和拼命，而是她卓越革命斗争实践和她的不同寻常的表现。同学们首先发现的是这位村姑不同凡响的谈吐。当时虽然已是第一次大革命时期，但女子学校却仍是一个十分闭塞的地方，关于社会主义、共产主义、民主、自由、民族解放、妇女解放等名词对于这些多是大家闺秀的女学生娃儿来

碧血染将天地红 bi xue ran jiang tian di hong

——抗日女英雄赵一曼

说，大都是未曾接触的新鲜名词，仅就这些名词本身就足以令她们耳目一新了。但是这些对于李淑宁来说，差不多是家常便饭，一说就是一大套，大家被她的连珠妙语惊呆了。于是便有许多学生主动向她接近，企图探寻其中的奥秘。进而同学们又发现，李淑宁简直是一座新旧知识的宝库，她的文史知识远远超过了一般中学生的水平，特别是她的关于国际国内革命形势方面的知识更是让同学们佩服得五体投地。实际上，李淑宁也真的有资格做她们的导师，尽管她自己也不过是个刚满21岁的青年。这主要是由于她广泛涉猎，大量阅读了许多进步书刊的缘故。

不久之后，李淑宁就仿佛成了一块磁铁，而许多同学则成为一块块生铁。只要李淑宁一出现，同学们就会很自然地聚集在她的周围。互相熟悉之后，李淑宁便把自己收藏的《妇女周报》、《中国青年》、《响导周报》等进步书籍借给她们阅读。接着，便开始了她的宣传组织工作。

"同学们，你们谁解决了婚姻问题？是怎么解决的？"导师李淑宁发问。同学们大多低头不语，几个比较开朗的同学围着问："这里还有问题吗？"因为她们想，李淑宁又要给她们讲新道理了。"当然有问题了!你们想，老辈人总是说什么父母之命，媒妁之言，嫁鸡随鸡，嫁狗随狗，凭他们的三言两语就定了我们的终身，我们还是人吗?我们要争取自己做人的权利!""怎么才能争取呢?"有的同学不解地问。"怎么争？跟他们斗呗！只要你不怕，敢斗，就能争得到。"接着她讲了自己用蓖麻秧子吓走了媒婆的一段故事。讲得同学们捧腹大笑，有的同学笑出了眼泪。"我再问一个问题，你们谁在家裹过脚、扎过耳朵眼?"淑宁接着问道。同学们不笑了。有的说："你就接着说你在家里的那些事吧。"淑宁就又向同学们讲了她怎样用"软硬兼施"的办法对付老太太给她裹小脚的事，又讲了怎样因为裹脚掀起一场轩然大波，哥哥怎么跳着脚大吵大闹，妇女们怎么叨叨咕咕，等等。同学们有时凝神细听，有时哗然大笑。说笑之后便是冷静的思考。静下来后，淑宁又开始了她的演讲："方才我讲的是我们女人的事，其实中国的事何止是个妇女问题？中国这个有几千年文明的大国现在为什么变得这么落后贫弱，让人看不起？主要是封建制度和帝国主义的入侵。所以，只有打倒封建制度和帝国主义侵略者这两个东西，中国才能得救，我们妇女也才能得到解放。"这篇就现在看来并不深但当时却如惊天动地般的道理，如润物无声的春雨，一丝

不漏地注入了青年学生们的心田。就是凭着这篇道理，最大程度地激发了青年们的革命激情，鼓起了他们驶向新世纪的理想航船的风帆。青年学生们在李淑宁这位既文明又平凡的导师的宣教下，以新的姿态投入了即将开始的伟大斗争。

当时，"五卅"运动掀起的反帝怒涛已经波及全国，《叙州日报》（叙州，宜宾的旧称）也常登这方面的文章。正值"五卅"运动一周年纪念日即将到来之际，传来了大商人李伯衡雇英籍"川北"号轮船运煤油到宜宾的消息，党组织决定以此为契机，开展一场抵制仇货的爱国运动。

什么叫抵制仇货？从字面上理解，就是不买仇人

碧血染将天地红 bi xue ran jiang tian di hong

的货物。那么谁是中国人民的仇人呢?就是侵略中国的帝国主义。当时由于英帝国主义制造了"五卅惨案",在上海大肆屠杀中国的爱国学生和无辜市民,引起了中国人民的极大愤慨。因此掀起了声势浩大的反帝爱国运动,仇货运动当时主要是抵制英货的运动。

1926年6月9日,英商的"川北"号轮船驶向宜宾码头,宜宾学联立刻通知各校到江边抵制仇货,不许仇货上岸。这时李淑宁已是学联的主要领导人之一,她立刻组织同学到江边抵制仇货。英轮不理会学生们愤怒的抗议,继续向码头靠近。学生们用雨点般的石块回答帝国主义的猖狂,船上的船员们被石块打得不敢露头,只好抛锚停船。这时岸边已陆续集聚了2000

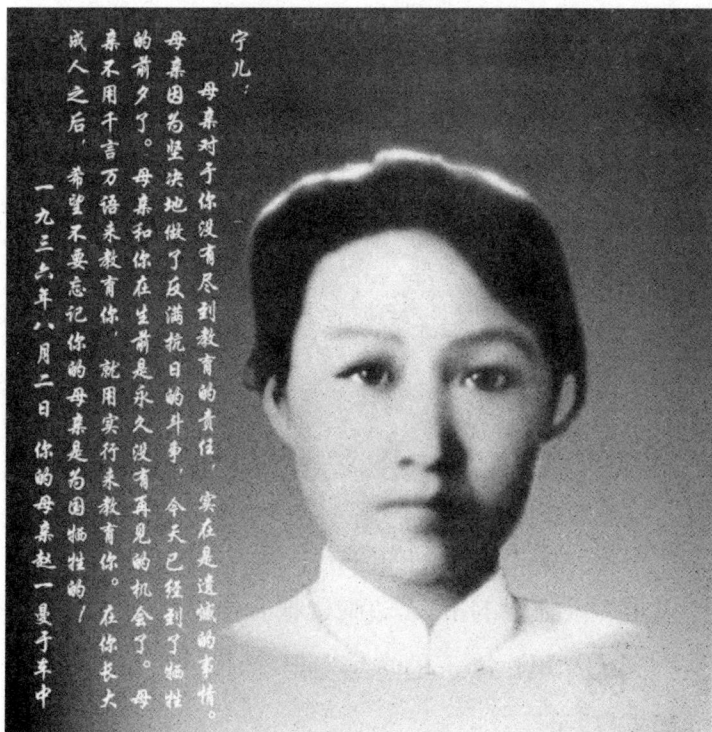

宁儿：

母亲对于你没有尽到教育的责任，实在是遗憾的事情。

母亲因为坚决地做了反满抗日的斗争，今天已经到了牺牲的前夕了。

母亲和你在生前是永久没有再见的机会了。母亲不用千言万语来教育你，就用实行来教育你。在你长大成人之后，希望不要忘记你的母亲是为国牺牲的！

一九三六年八月二日你的母亲赵一曼于车中

多名学生和群众，声势浩大。总指挥部遂决定，各校轮流看守仇货。李淑宁当时的职责相当于前敌总指挥，她始终站在斗争的第一线。同学们看守仇货三天三夜，时逢淫雨，同学们冒雨高歌，欢呼腾跃，毫无倦意。到第四天，李伯衡感到货久停不卸要交罚金，所以便冒险用驳船靠到轮船边，打算把货用驳船运往其他码头。李淑宁见状，立刻站到一条板凳上向装卸工人喊："工人弟兄们，你们不要替外国鬼子和奸商干事，大家团结起来，共同抵制洋货！"学生们也跟着

——抗日女英雄赵一曼

碧血染将天地红 bi xue ran jiang tian di hong

一齐高喊。工人们听到后也跟着喊："对！抵制洋货！洋鬼子，滚你娘的蛋！"边喊边把一桶桶煤油咕咚咕咚地扔到了江里。岸上的学生发出一片欢呼："工人弟兄们干得好！"

突然岸边传来了"砰砰叭叭"的枪声，原来是城防司令辜勉之接受了李伯衡的贿赂，派兵来干涉了。李淑宁见状，毫不畏缩之意，迎着荷枪实弹的士兵挺身而上，站到高坎上向大家讲："同学们，同胞们！不要怕，我们是正义的爱国行动，他们不敢怎么样！"营长杨仲才冲士兵们喊：快，把他们赶散！"砰砰砰！……"士兵们朝天放了一排枪。李淑宁挺身冲士兵喊："士兵同胞们！你们也是中国人，为什么帮帝国主义打自己人?！"杨仲才喊："住嘴！不许你再宣传!""正义的话就是要讲,你为什么干涉我们的爱国行动?!"杨仲才看看周围,心虚嘴硬,向人群高喊:"反了!反了!好,你们等着!"边喊边带队跑出了人群。背后传来一片学生们的哄笑声。

辜勉之并没有就此罢休,而是要起了阴谋。一方面,他邀请学生代表到城防司令部谈判,借机扣押了谈判代表。另一方面,他趁学生轮流休息的机会,打伤了看守仇货和旗帜的学生,一部分人被逮捕。李淑宁听到情况,立刻请示总指挥部,根据指挥部的指示组织学生请愿团,包围了城防司令部。辜勉之不肯让步,并发出威胁:"段执政能演惨案,我辜司令也能演!"针对这种情况,总指挥部向全省和全国发出通电,并动员全县各界掀起更大规模的斗争。时过不久,宜宾的斗争便演化成了全省规模的运动,四川督军刘文辉只好命令辜勉之释放被捕学生,军

碧血染将天地红 bi xue ran jiang tian di hong

——抗日女英雄赵一曼

队撤离江边，李伯衡的"仇油"也被打七折拍卖，这场斗争学生们取得了胜利。

然而，因为这次运动，李淑宁等13名学生被学校当局开除。李淑宁带着被开除的同学到教育局请愿。教育局长支支吾吾，表示难以收回成命，并说她们是咎由自取，李淑宁大怒，掀翻了教育局长的桌子。气得教育局长大叫："你们简直反了。"

大闹教育局之后，李淑宁离开了宜宾女子中学。在党组织的安排下，进了国民党宜宾县党部主办的中山学校，一边学习一边担任宜宾妇联主席、宜宾妇联和学联的党团书记。这时，刚刚21周岁的李淑宁已成为宜宾学生界和妇女界的领袖人物。

1927年1月，李淑宁又根据党的指示，来到大革命的中心——武汉，进入中央军事政治学校（由原来的黄埔陆军军官学校改建而成）武汉分校学习。在校期间，参加了平定夏斗寅叛乱的战斗，经受了战火的洗礼。蒋介石、汪精卫相继叛变革命后，中央军事政治学校被迫停办，大部分学生被编战张发奎第四军的教导团。李淑宁则根据党的指示辗转到了上海。大约9~10月间，党组织决定派她到莫斯科中山大学继续学习。

因为她文化水平不够，所以被分到中学部学习。1928年4月，在莫斯科学习期间，她与同在莫斯科学习的原来黄埔军校的学生陈邦达结婚。这年冬天，她又接受党的指示，拖着久病且又怀有身孕的病弱之躯回到国内参加斗争。从此开始了她的地下工作者的生涯。

赵一曼读书的宜宾女子中学，现为宜宾市二中。

碧血染将天地红 bi xue ran jiang tian di hong

——抗日女英雄赵一曼

回到国内后，党中央决定让她到湖北宜昌建立交通站，但这时产期已经临近了，她没有与党组织讲任何价钱，只身前往宜昌。到宜昌不久，她就被敌人的暗探盯上了，交通站也被破坏了，她拖着沉重的身躯，费了很大的力气才把"尾巴"甩掉。不久，她在租住的一间破柴房里生下了孩子，未及满月，她拖着病弱的身躯，抱着孩子，硬撑着回到上海，向党中央报告了宜昌交通站被敌人破坏的情况。

回到上海后，同年9月，党中央又派她到设在南昌的江西省委机关工作。她和一位姓王的男同志扮成假夫妻掩护工作。在这三个多月时间里，她带着一个未满周岁的孩子，夜里抄写和油印文件，白天还要处理机关日常事务。工作十分辛苦，同时还要时刻警惕敌人的破坏。当时，南昌和全国各地一样，也是一片白色恐怖，地下工作者时刻有被敌人逮捕的危险。

1929年年末的一天，省委机关又遭到了敌人破坏。这天深夜，小王跑回家，告诉淑宁赶快烧毁文件，他俩刚把文件销毁完，敌人已经跟踪而来。小王一把抓起孩子塞到李叔宁的怀里，同时又把她往厨房里推，打开厨房窗户把淑宁推了出去。待他回到前屋时，正好碰上蜂拥而进的特务。小王被敌人逮捕，淑宁母子得救了。

淑宁抱着孩子跑到郊外。当时风雪交加，不辨方向，孩子被冻得大哭，她只好一面用手捂着孩子嘴，一面一路狂跑。跑到荒山野地，又值夜深人静，找人投宿已不可能，正巧不远处有一个稻草垛，淑宁三下两下扒开稻草垛，钻到里边藏了起来。一垛稻草救了母子两条性命。

天亮后淑宁抱着

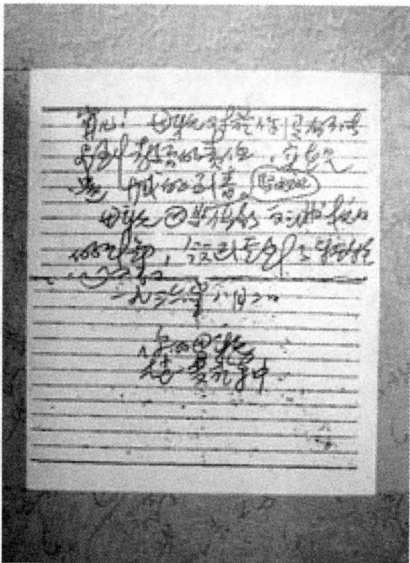

碧血染将天地红 bi xue ran jiang tian di hong

——抗日女英雄赵一曼

孩子钻出了草垛。她必须尽快地将省委机关被破坏的情况报告党中央。但这里离江边码头很远，慌乱之中又没有带钱，孩子又饿得直哭，为了工作方便，她很早就已经给孩子断了奶，怎么办？看来只好暂时当乞丐了。因为她穿着不像个乞丐的样子，于是向人乞讨时只好谎称外出投亲遭了强盗的抢劫。这样凑合着走到江边，已到了晚上。到江边后她打听到有一只运山货的船到九江，于是她便找到了这条船的老大。"船家大哥，行行好，把我们母子捎到九江去吧。""什么捎不捎，坐船给船钱"船家说。"我没有钱啊！"淑宁回答。"没钱就不能上船。"船家一口回绝。"大哥，行行好吧。我家在本城，离这儿好远，前些日子男人被抓了兵，我只好带孩子回娘家，可在道上又遭了

赵一曼烈士为
抗日坚贞不屈
宋庆龄
一九六三年十月

抢，您可怜可怜吧，等我找到娘家人再好好谢您。"船家被淑宁说得半信半疑："你娘家在九江？""在九江乡下。"淑宁在这里打了伏笔，因为她怕如果说娘家在九江城里住，弄不好要让她回娘家后再给钱。

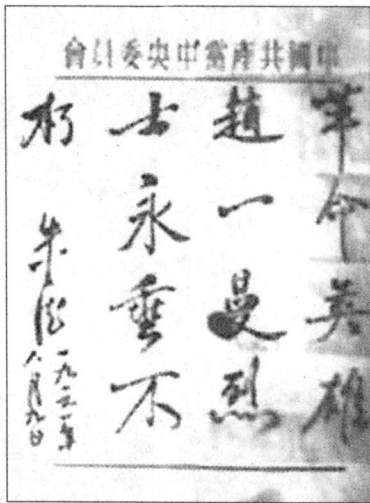

就这样，淑宁搭上了船。一路上仍是雨雪纷飞，寒风刺骨，多亏船家又借给她一条破被，她和孩子才没有冻坏。

到了九江后，还得想办法到上海。淑宁很快找到了一条开往上海的客船。为了混上船，她又编了一通故事。她对船家说，自己家住九江乡下，因遭土匪抢劫，丈夫被杀，家产被抢劫一空，母子生计无着，打算去上海投奔亲戚。请大爷开开恩，可怜可怜我们母子吧！船老板半信半疑，"那你找到亲戚一定得给我船钱。"淑宁连忙答应："行行！只要找到亲戚家，马上把船钱给您送来。"这样，淑宁母子又坐上了去上海的轮船。

到了上海后，船老板派一个小伙计跟着淑宁去找

她的亲戚家讨回船钱。小伙计紧跟淑宁不放。淑宁边走边打主意："怎么也不能让他知道党中央所在地。"走到一个弄堂口，淑宁跟小伙计说："小兄弟，你等一下，我亲戚就住在这附近，我去找他拿钱给你，"说着就走到一个大杂院里。一会儿，出来跟小伙计说："亲戚搬家了，这儿的人都不知道他到哪里去了，这下子我也没有着落了，你看怎么办?"又走了一会，她看小伙计还跟着，就回过头来说："这样吧，我把这孩子卖了还你的船钱吧。"于是就当街一面述说自己的不幸一面叫卖起孩子来。一会儿就围了一圈人。警察过来以影响交通的缘故把人们赶散了，淑宁也被撵走。小伙计还是不肯放她走。淑宁走了一会，又生出一计，"小兄弟，情况你也看到了，你回去跟老板说一下还不行吗?""老板不答应啊，我的饭碗要砸了!"没办法，淑宁只好把陈邦达留给她的唯一纪念物——一块怀表掏了出来："你看，我也没有什么东西了，就把这块表当船钱吧。""不够的喽。"小伙计还不情愿。经过一番好说歹说，总算是打发走了小伙计。这样，在度过了十几天的乞丐生活之后，李淑宁又回到了党的怀抱。

以后，她便留在党中央机关工作。在周恩来等同志的领导下，在秘密战线上同敌人进行了机智的斗争。"九一八"事变后，党中央决定派她到东北工作。乳名宁儿的独生子便托陈邦达的妹妹陈琼英（任弼时的爱人）送到了她的堂兄陈岳云的家里。谁能想到，母子这一分别，竟是永诀。宁儿后来在伯父的抚养和党的关怀下长大成人，成为新中国的第一代优秀知识分子。

碧血染将天地红 bi xue ran jiang tian di hong

——抗日女英雄赵一曼

绝境中生存 绝域里战斗 绝望中坚持

——东北抗联悲苦抗战十四年

"松花江水流不停，不荡日寇心不平。"

在高高的山冈上，在密密的野林中，在冰天雪地里，孤悬敌后的东北抗日联军与数十万精锐日本关东军进行了长达14年的殊死搏斗，写下了中国抗战史上最为悲壮的一幕。

东北抗联的抗日斗争，与红军长征、南方三年游击战一同被誉为中国革命史上的"三大

抗联设在长白山中的仓库

艰苦"战争。

绝境中生存——燃烧在冰天雪地中的烈火

世界上还从来没有一支军队，像东北抗联这样，主要创建者和领导人大半战死；也从来没有一支军队，像东北抗联这样，无论是总司令还是普通士兵，在十多年的时间里时刻面临着饿死、冻死和战死的威胁。

然而，就是在这样的险恶环境中，他们却创造了歼敌18万，牵制日伪军近百万的奇迹。

这，究竟是怎样的一支军队？

81岁的东北抗联老战士李桂林，至今睡觉还蜷缩成一团，把手插在裤腰里，这是当年在冰天雪地露营时为避免把手冻坏养成的习惯。今天，老人已经不再挨冻，但在那刻骨铭心的寒冷中形成的睡姿却再也无法改变。

零下三四十摄氏度的严寒，夺去了无数抗联战士的生命。94岁的抗联老战士单立志回忆说："1939年，一个冬天我都没有棉衣穿，在大

1940年，活跃在绥芬河区的抗日联军一部

雪堆里挖个坑，架上松木烧，每天就靠烤火活着。向火的一面烤热了，背火的一面早冻透了，就来回翻着面地烤。年纪稍大的战友们大部分都冻死饿死了。人是先从脚往上冻，最后脑袋都冻坏了，走着走着抱着树就痴呆了，还有知觉的人让我们给他一枪，可是谁能忍心给他一枪呢，只能看他活生生地冻死……"。

比天气更险恶的，是日本关东军。抗联被日军称为"满洲治安之癌"，为彻底消灭抗联，日军制定了一个又一个"治安肃正"计划，动用大量兵力进入深山密林进行大规模的"篦梳式、踩踏式搜剿"。日军兵力是抗联的十数倍乃至上百倍，一旦发现抗联，就会"像壁虱一样盯住不放"。抗联老战士回忆，每与敌人交火一次，都要连续不停地奔走上百公里，以摆脱追击。

即使是吃一顿饭，抗联部队都要付出血的代价。83岁的李敏清晰地记得那种饥饿的感觉。"睡觉时，自己的肠子都能一根一根地摸出来。"她回忆说，"1939年夏天，断粮已久的部队不得不冒险去攻打一个'围子'，日本人躲在房子里抵抗。我们没有什么武器炸药，没办法打进去，团长就让大家点火烧房子，雨太大，烧不起来。这时，周围几个围子都响枪了，我们只好撤，敌人后面猛追，我们牺牲了副官和几名战士，却没能吃上这顿饭……"。

绝域里战斗——只为心头那丝不灭的希望

"起来，不愿做奴隶的人们……"，一首义

勇军进行曲，唱出了危急关头中华民族的共同心声。词作者田汉的儿子田申告诉记者，这首歌，最初就是为东北的抗日义勇军而创作的。"九一八"事变后，东北各阶层纷纷组织义勇军、救国军、自卫军等各种抗日队伍，统称为抗日义勇军，最多时曾发展到50余万人。

由于缺乏统一指挥，在日寇的疯狂打击下，风起云涌的抗日义勇军至1933年绝大部分失败了。

像是在黑暗的海上点亮灯塔，正在此时，共产党领导的武装登上了东北抗日战场。1932年初，中共满洲省委开始陆续派人到南满、东满、巴彦、汤原等地，创建抗日武装。发展到1936年，抗联平均每天与敌战斗三次以上，每年歼敌万余人。

在深山密林里，抗联建立了自己的兵工厂、被装厂、面粉厂，还在人迹罕至处搭建了许多用来储藏粮食和战时藏身的密营。除城市和交通要点以外，广大农村多数为抗联所控

制。单立志说："夏天的时候，敌人根本就不敢出来。"

但，顺利的时间十分短暂。黑龙江省委党史研究室研究员赵俊清告诉记者，由于日军疯狂"讨伐"，以及毒辣的"集团部落"政策和"连坐保甲"制度，连年血战的抗联无从补充兵员和装备，加上长期与上级失去联系，1940年11月至1941年12月，抗联第一路军、第二路军和第三路军仅剩不足千人，只能相继越界，到苏联境内进行休整。

即使这样，曾宣布抗联已被"肃清"的日军，一刻也没有得到安宁。在苏联期间，返回东北执行任务的抗联游击和侦察小部队达300人次以上，为东北人民心中保存了一团始终不灭的希望之火。1945年8月，苏联红军出兵东北时，数百名抗联战士先乘飞机伞降于内地作先导，主力随后进入各城市接收，部队迅速发展到数万人，成为迎接八路军出关的重要策应力量。

绝望中坚持——高昂起一个民族不屈的头颅

抗联第一路军总司令杨靖宇牺牲后，连伪通化省警务厅厅长岸谷隆一郎，在一个名为"杨靖宇讨伐座谈会"上，也不得不说杨靖宇"是个了不起的代表人物"。

为了围剿杨靖宇，敌人调动了26个"讨伐队"。1940年2月，长期苦战后，孤身一人的杨靖宇被一个600余人的"讨伐队"包围，在密林里与敌人周旋了4天。

这位身高超过1.9米的河南汉子，一次次以枪声回答敌人的劝降。直到牺牲时，仍保持着射击的姿势。

　　日本人想知道这个断粮18天、死了也不肯倒下的中国军人到底有何与众不同之处。尸体解剖开后，这位在风雪中率众抗日七年多的抗联领袖，胃里竟然没有一粒粮食，有的只是树皮草根和棉絮！这是怎样的气节？！英雄的壮举鼓舞了抗联勇士们，也震撼了侵略者。双手沾满抗联战士鲜血的日本关东军第二独立守备队司令官野副，在杨靖宇死后经常做噩梦，破天荒地为杨靖宇举办了一个"慰灵祭"……

　　赵一曼烈士写给儿子宁儿的遗书，已经感动了几代人。这封让每一个人都不忍卒读的遗书，是在新中国成立后才从日伪档案中发现的，"宁儿"陈掖贤直到此时才看到这封信。陈掖贤之女陈红说，日伪档案记录了奶奶受刑的过程："……将竹筒插入赵一曼女士的喉管，把辣椒水和汽油掺混一起，一口接一口地往里灌。等肚子鼓胀起来，再用杠子在肚皮上压，灌进去的辣椒水和汽油又全从口鼻和下身溢出来……"。陈红说，就连毫无人性的日军行刑者也不得不承认，"在长时间经受高强度电刑的状态下，赵一曼女士仍没招供，确属罕见，已不能从医学生理上解释"。

　　当时，不管是抗联领导还是普通士兵，没人能够看到丝毫的胜利希望。"那时，牺牲容易，坚持下来难。"单立志老人回忆说，"难过的时候，真是会羡慕战死的战友们。"

　　"每当难以坚持下去的时候，我们就唱歌。"抗联的歌曲多，每个抗联战士都爱唱歌，李敏，这位至今还能唱上百首抗联歌曲的老人，已收集了403首抗联歌曲。"有一次，打得弹尽粮绝，大家唱起《义勇军进行曲》准备就义时，敌人竟愣住了，一时枪声全无……我们最终突围成功。"

靖宇县、尚志市、一曼街……如今，在那片英魂永驻的热土，人们以各种方式留下了英雄的名字。1945年8月随苏联红军回到东北的李敏，离休后成立了一个抗联精神宣传小分队，穿着抗联军装，在"火烤胸前暖、风吹背后寒"的歌声中，不断为人们传诵着抗联英雄们不朽的传奇……

老百姓向准备阻击日军的抗联部队报告敌情

赴东北勇担救国任

　　根据当时党中央的规定，到东北工作的同志，都必须使用化名，所以李淑宁此后便使用了赵一曼这一化名。

　　赵一曼于1932年春被派往东北，先在沈阳做了一年多的工运工作，主要是在大英烟草公司和纺织厂做女工的工作。1933年初，满州省总工会筹备处成立，赵一曼同志被调到哈尔滨，在省委领导下做省工会的组织工作，后任哈尔滨总工会的代理党团书记。在这

期间，她与省工会主席老曹扮成假夫妻掩护工作。这年4月，他们领导了哈尔滨电车厂工人的大罢工。而这年5月发生的一件事，更显示了赵一曼机智、果敢的性格特点。

当时，赵一曼领着工会的几个同志，在哈尔滨太阳岛一个白俄的住房里开会，桌上放着麻将作掩护，赵一曼掏出文件向大家传达。这时，一个小孩把门拉开一条缝，好奇地探头往里看。一个巡逻的警察刚好经过这里，看到里面打麻将就想去抓赌。警察呼地闯了进来，看到桌上的文件伸手就抓，同时就掏腰里的枪。大家一时被这突如其来的情况惊呆了。赵一曼急中生智，端起窗台上的一盆米汤往警察的脑袋上一扣，嘴里同时喊："大家快上！"大家蜂拥而上把警察死死地按到地上，其他的人立刻找出绳子把警察紧紧地绑了起来，同时用破布塞住了他的嘴。赵一曼又让人找来一条麻袋，把捆结实了的警察放到麻袋里，将袋口扎好。赵一曼对大家说："快，把他先塞到桌子底下去。"只用了两三分钟，一切便已处理妥当。赵一曼沉着地向大家宣布："现在我们继续开会。"会议一

直进行到晚上，赵一曼又指挥大家悄悄地把"麻袋"抬到江边，找没人的地方扔到了深水里。

"省总"和满洲省委的同志，没有人不佩服赵一曼的勇敢、沉着与机智，不少人称她为智勇双全的女将军。不仅如此，赵一曼还可以说是一位风度翩翩的儒将。当时她还经常接触哈尔滨的文艺工作者，曾经为他们上过政治课，她自己也写过一首旧体诗《滨江述怀》，以明其志，诗云：

誓志为民不为家，涉江渡海走天涯。
男儿岂是全都好，女子缘何分外差？
未惜头颅新故国，满腔热血沃中华。
白山黑水除敌寇，笑看旌旗红似花！

仅仅从艺术或审美的角度去评价此诗未免会贬低

甚至辱没了英雄兼诗人的赵一曼。这是一首再典型不过的明志诗，从她冲出牢笼，投身革命之日起，就已立下了终身的宏志：愿以一腔热血，沃我中华大地，以刷新故国，造福我人民。

1934年春，哈尔滨党组织遭到了破坏，赵一曼也成了敌人缉捕的对象。这样，根据她本人的要求，省委决定派她到珠河游击区工作，任珠河中心县县委委员、县委派往游击区的特派员。在此期间，她先以妇女会负责人的身份发动妇女儿童配合抗日武装的斗争，后又主动承担筹集武器弹药的任务。她曾机智地将枪支装到粪车里运到珠河城外；也曾在其他同志配合下，一夜之间端掉了敌人数个警察哨所，缴了二十多条枪。而这期间更突出的是她亲手创立了一支抗日武装——地方游击连。

编剧：于敏　导演：沙蒙
主要演员
石联星·霍平·张莹
欧阳如秋·王炎

赵一曼

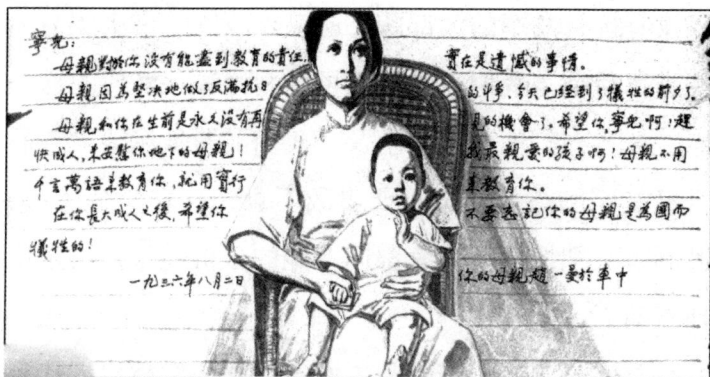

这里也突出地体现了赵一曼巾帼不让须眉的风范。作为一个从事地方工作的女同志，本没有武装斗争的任务。但是地方的工作需要武装来保卫，所以在1935年春，赵一曼在担任铁北区委书记不久，便组织起了公民自卫队。这支队伍起初只有20余只枪，其他人只有土枪、大刀和长矛。

自卫队刚刚创建起来，有一天，赵一曼得到情报说：一小队鬼子要从城里出发，到铁道北关门嘴子一带"清剿"、"讨伐"我抗日军民。关门嘴子是我游击区的边缘地带，是日寇蚕食的重点地区，不断地遭到敌人的骚扰。本来，公民自卫队不是正规的抗联部队，它的主要任务是保卫地方工作队的安全，没有直接对敌作战的任务。但是，赵一曼却坚决主张自卫队主动出击，狠狠地打击一下这股敌人的嚣张气焰。针对一些同志的疑虑，赵一曼分析说：敌人知道铁北一带没有抗日联军的大部队，所以才敢以一个小队为单位进行活动。我们自卫队正可以利用敌人麻痹的这一点，把敌人打他个措手不及。我们武器虽然很少，而且又是刚刚组建，但只要出敌不意，打它一个伏击，胜利是有把握的。大家都同意她的分析，于是决定迅速行动。

赵一曼把队伍带到敌人必经之路的树林里埋伏起来。她把队伍分成两支：一支钢枪队埋伏在前，先把敌人的指挥官打掉，然后将敌人击溃，只有大刀长矛的队员另外组成一支队伍埋伏在后，待敌人向后溃退时突然冲击与敌人近战。两支队伍合击，将敌人消灭。

时到中午，敌人过来了。他们果然麻痹的很，一小队人走得稀稀拉拉，不成队伍。敌人进入了伏击地域，赵一曼高喊一声："打"！"砰"的一枪，走在前面骑着马的鬼子指挥官立刻栽下马来，其他鬼子也匆忙各寻有利地形准备抵抗。正当正面的钢枪队吸引了敌人注意力的时候，大刀队乘机冲到了敌人的后背，一阵猛砍。赵一曼把枪一挥："同志们，跟我上！"钢枪队也冲了上去，鬼子终于抵挡不住，四散逃窜，自卫队大获全胜。这一仗，干净利索，一小队的鬼子，被打死了20多名，只跑掉了几个，自卫队缴了20多支三八大盖，改善了自己的装备。

此后，赵一曼率领着这支队伍又连续进行了几次战斗，在战斗中锻炼了队伍。这样，到1935年的秋天，这支农民自卫队就正式组建为地方游击连，成为

碧血染将天地红 bi xue ran jiang tian di hong

——抗日女英雄赵一曼

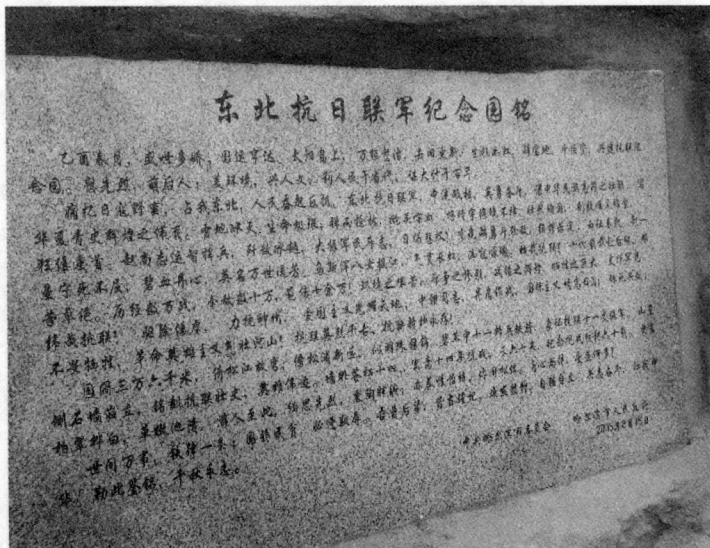

抗日联军的一支地方部队。它在反扫荡战斗中发挥了重要的作用。1935年秋，敌人对我游击区又发动大规模的"扫荡"，并采取了舀水捕鱼的归屯政策，把群众都驱赶到若干个大屯子里去，不愿走的一律枪杀。在敌人的残酷烧杀下，我游击根据地遭到了严重破坏。

当时，我东北人民革命军第三军第三团在侯林乡一带活动。有一天，两个团的日伪军突然将三团的驻地包围。我军与敌人激战了一天一夜，连续打退了敌人数次进攻，但敌人增援不断，并配有追击炮、重机枪，形势对我越来越不利。所以三团长决定从敌人兵力较弱的北侧突围。当晚三点左右，敌人背后突然响起了密集的枪声，敌人的阵脚立刻被打乱。又过一会儿，三团又看到，敌人的临时指挥所方向也出现了喊杀声和枪炮声。三团长即刻下令：向敌人的主阵地攻击。敌人在内外夹击下很快便垮了下去，三团不但杀出了重围，还缴获了一批物资和武器弹药，打了一场反败为胜的漂亮仗。

待到两支队伍会师时，三团指战员才发现，原来这支从天而降的援兵是赵一曼率领下的游击连和一部分群众武装。就是这支只有少量枪支，大部分拿着大刀长矛的农民，在赵一曼的带领下打败了数倍于己的敌人，解救了三团。"你们是怎么知道我们被包围的？"三团长见到赵一曼后惊奇地问。"是我们的情报员探听到的呗。"赵一曼不在意地回答。"那你们怎么打到敌人司令部去的？""不打它的司令部它能乱营

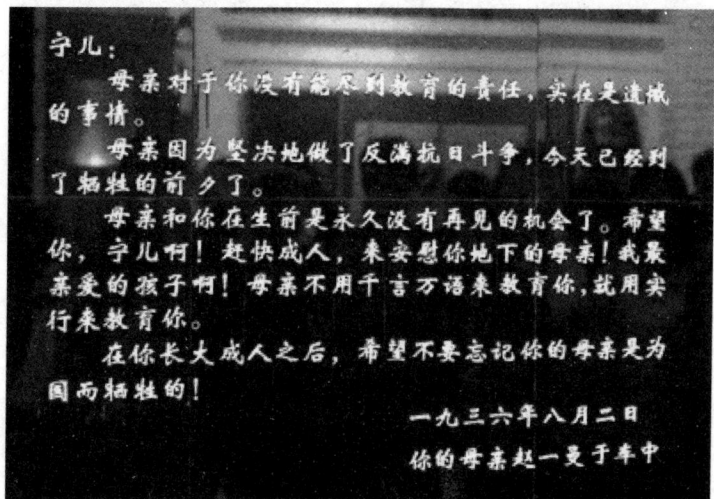

宁儿：
　　母亲对于你没有能尽到教育的责任，实在是遗憾的事情。
　　母亲因为坚决地做了反满抗日斗争，今天已经到了牺牲的前夕了。
　　母亲和你在生前是永久没有再见的机会了。希望你，宁儿啊！赶快成人，来安慰你地下的母亲！我最亲爱的孩子啊！母亲不用千言万语来教育你，就用实行来教育你。
　　在你长大成人之后，希望不要忘记你的母亲是为国而牺牲的！

一九三六年八月二日
你的母亲赵一曼于车中

碧血染将天地红 bi xue ran jiang tian di hong

——抗日女英雄赵一曼

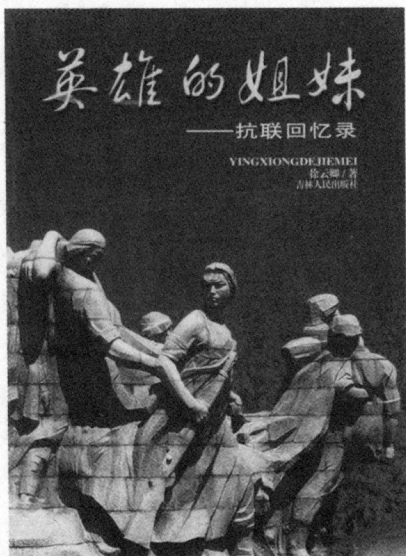

英雄的姐妹
——抗联回忆录
徐云卿/著
吉林人民出版社

吗？不乱营它能败吗?"赵一曼谈笑自若。

这次战斗以后，赵一曼的名字和她的大智大勇，迅速传遍了东北人民革命军的各支部队。她领导的抗日游击连也迅速壮大起来了。赵一曼指挥这支地方游击队配合人民革命军连续打了几次胜仗。

艰苦的环境，过度的劳累，使得赵一曼的肺病又犯了。上级决定让她去人民革命军的医院去治疗。其实，当时在艰苦的游击战争环境，所谓医院，就是在深山密林中有几间简易的茅棚，1~2位医生和几位护士与辅助工作人员。基本上没有什么象样的医疗设备。有时为了躲避敌人的"清剿"，医院也要转移。

赵一曼来到密林中的医院养病，可她却是个闲不住的人，于是，她又成了医院的义务工作人员。她每天都要照顾十几个伤员，洗衣、缝补衣服、煮饭、上药喂药，几乎是看到什么干什么，有时还帮着抬担架。闲下来便做伤病员的思想工作。而令战士们最难忘的还是以下几件事：

有一次，医院住在二道河子，遇上了敌人的讨伐，为此，医院必须立即转移。但在向哪里转移的问题上发生了分歧。大部分人主张向四方顶子转移，理由是那里离敌人远，而且又有容易隐蔽的地形。只有赵一曼主张医院转移到鸡爪顶子。她认为，这个地方虽然离敌人近，又在乌吉密车站附近，而且敌人刚好在这个地方搜查过不久，是敌人的"灯下黑"地区，医院院长一则因为赵一曼是上级领导，二则也相信她的智勇，所以就决定转移到鸡爪顶子。医院到鸡爪顶子的第二天，我方侦察员就传来了消息：敌人的讨伐队已经向四方顶子进发。后来又有消息说，四方顶子被翻个底朝上，敌人烧了山。"好玄啊！"院长和护士

吓得直吐舌头。在鸡爪顶子住了一周多，赵一曼又告诉院长："这地方不能久留，赶快向四方顶子转移！"大家一句话没多说，立刻收拾器具转移到了四方顶子。张院长和护士们对赵一曼的判断力佩服得五体投地。

还有一次，医院转移到一个村子里，一个姓孟的木匠自愿到医院白干活，医院转移他也跟着走。这引起了赵一曼的警惕。她找到当地的妇女干部，对她说："这个姓孟的木匠是哪来的？""听说是来串亲戚的。"女干部说。"你负责调查一下他的情况。"两天后，妇女干部向赵一曼反映："这个姓孟的行动挺特别，不知他到外边干啥去，从村外回来也是鬼鬼祟祟的。"还听人们说，他曾经跟伤员说："你们打什么仗啊？不如回家……"暗地查明真相后，赵一曼带领两

个武装队员突然拘捕了孟木匠。经审讯才得知，原来他是敌人用每天20元的高价雇佣的密探（一般职员每日才有10元钱的收入）。他的任务是刺探我三军司令部的活动范围，企图将我军一网打尽。由于赵一曼的机智和警惕，我军避免了一次重大的损失。

有一天，不知敌人怎么弄到了我流动医院所处位置的情报，敌人的讨伐队直接扑向了医院所在的村庄，想撤走已经来不及了。赵一曼急中生智，她要院长命令医院所有人员动员起来，轻伤员搀扶重伤员快速撤到已经割倒的庄稼地里，让医院的所有人员躺到地垄沟里，用割倒的大豆铺将自己埋起来，她和张院长各握一支手枪躺在垄沟两头的豆铺子底下。敌人进了村子就到处乱搜，搜不着人就烧房子，有的敌人也跑到村外的原野上。可是除了一片片割倒的庄稼什么也没看到，于是只好乱开了一顿枪撤走了。事后，大家都说："要不是赵书记的这个办法，我们都完了，可真够险的。"

赵一曼病好后，便又投入了反扫荡的残酷斗争中。

《东北抗日联军》
首次披露十四年抗战故事

30位九旬老战士的真情讲述

60多年过去了,今天仍然健在的抗联老战士仅存61位。这些九旬老人有的已无法与人正常交流,其中尚能接受采访的30位老战士,不仅是那段血与火历史的亲历者,更成为今天人们了解抗联故事的珍贵视点。

《东北抗日联军》之前期

通过对散布于全国各地的抗联老战士的抢救性采访,我们记录下了这30位老人首次吐露的抗联故事,从而使得全片每一集都能通过老战士的讲述引出悬念,再以悬念为切入点展开故事,然后在故事中带出厚重的历史。如第六集《西征壮歌》,主要展现东北抗联至今鲜为人知的西征岁月。这集一开头,就是抗联老战士对当年西征的回忆片断："前面烤出糊味了，背后还是凉冷冷"的露营之夜、"马皮用火烤了，嚼来嚼去，舍不得咽，怎么也比树枝儿好吃"的味道——时光由此回到了1936年艰

抗联瞭望哨

苦的东北抗日战场，日本关东军为彻底扑灭抗日烽火，调集东北全境所有的机动兵力共10万人，对只有3万余人的抗联部队开始了连续三年的军事大讨伐和经济封锁。敌我力量对比悬殊，固守没有希望，抗联的出路何在？将士们作出了这样的抉择——抗联三路大军毅然放弃根据地，向西突围寻求转机，踏上了苦战血战的西征之路……。在该集中，抗联老战士的回忆片断成为贯穿全片的一条情感主线，悬念不断引出，故事层层展开，从而动人心魄地再现

碧血染将天地红 bi xue ran jiang tian di hong

——抗日女英雄赵一曼

了东北抗联历史上最为艰辛、最为悲壮的一页。

40多位中日专家学者的潜心研究

东北抗联虽然是一部尘封久远的抗战史，但是，东北三省和北京等地的抗联史学者们自建国以来一直坚持着辛勤而细致的考证和研究工作，不断发现那些长期隐没于密林雪雾之中的英雄故事。《东北抗日联军》不仅首次对国内抗联史的权威学者进行了深度挖掘，还远涉日本，采访了那里的满洲史专家以及兵器专家，从而依据中日专家学者

抗联活动地点——长白山伐木场

大量的研究成果和最新发现，一一揭开了抗联历史上的一些谜团与悬念："当时整个东北共产党领导的游击队总数不超过1000人，他们又凭什么来领导东北抗日斗争？""日本关东军一个甲种师团，就几乎接近东北抗联30000多人的总兵力，为什么在抗联主动出击与日军交手的一系列战斗中，抗联参战兵力却总是超过日军兵力？""骁勇善战的抗联三路大军在1938年到1940年间为什么人数会突然锐减？这三年中到底发生了怎样的故事？"关于这些问题，观众们都会在该片中找到令人信服的答案。

60多份历史档案的首次披露

在足迹踏遍中国东北、俄罗斯远东地区、中朝边境以及日本进行拍摄的同时，该片创作人员还多方收集和发现了60多份从未公开过的珍贵文献或历史档案，从而为《东北抗日联军》叙述故事、展现历史提供了新鲜材料和独特视角。

　　杨靖宇和赵尚志，是当时名震东北的两位抗日英雄。该片《英烈千秋》一集在讲述有关杨靖宇和赵尚志的英雄故事时，依据历史档案中不为人知的细节记载，始终穿插了这样一个视角：身高1.93米的杨靖宇，他的魁伟体态即使在战场瞬间，也给日本关东军留下了极其深刻的印象。关东军少佐岸谷隆一郎曾这样描述过杨靖宇："他奔跑时速度极快，两只手能摆到头顶之上，像一只鸵鸟在飞奔。他能使双枪而且枪法极准，我们根本无法靠近。"1940年2月，面对日军重兵讨伐，杨靖宇为掩护抗联第一路军大部队转移，最终只身陷入重围。当年2月15日，杨靖宇一人面对600多人的讨伐队追击的险境。对此，《通化省警务厅关于讨伐杨靖宇情况的报告》和日本满铁《协合》杂志1940年第263期等档案资料中有着这样的记载："2月15日，我警察队主力对杨靖宇进行了猛烈攻击，出现了崔大队长、伊藤警尉等许多死伤者——估计杨靖宇已受伤，雪地上有点点滴滴的血迹……"

"但是他却跑得飞快，终于，他在一个密林里把我们甩掉了。我们600人的讨伐队因为死伤、冻伤和疲惫掉队，这时只剩下50人了……"。1940年2月23日下午4时30分，东北抗联第一路军总司令杨靖宇身中数弹，壮烈殉国。对于此事，日军《作战总结》中曾这样写到："他穿着破烂的鞋子和撕烂的衣服，他的胃里连一粒粮食都没有……"。这样的叙事视角在过去文献专题片中是不曾出现过的，但它不仅仅是历史的真实，更让人引发无尽的思考。

而一代抗日名将赵尚志被害后的头颅之谜，则是萦绕人们心头60多年挥之不去的历史谜团。该片依据历史档案的记载和2004年在长春般若寺整修中意外发现赵尚志头骨为基本线索，串联起这位抗日名将极富传奇的英雄故事……最终解开的，则是"头颅之谜"所蕴含的更深一层的意境：60多年的挂念，60多年的寻找，抗联第三军军长赵尚志以他不朽的抗日事迹，一直活在人们的记忆中。

成大义千古颂美名

为了粉碎敌人 1935 年秋对我珠河游击队的讨伐，东北人民革命军第三军改变了部署。第一，以主力打破敌人的合围，发起东征行动向敌人统治薄弱的地区发展，使敌人顾此失彼；第二，留下二团和三团，坚持游击区的内线斗争，以牵制敌人。这时，赵一曼的地方游击连合并到二团，她以道北区委书记的身份兼任二团的政治委员。

赵一曼与二团指战员连续与敌人周旋了几个月，二团也分成了几支小部队进行分散游击活动。1935 年 11 月 15 日，赵一曼与团长王惠同率领五十余人转移到

铁道北的左撇子沟，被跟踪而至的三百余名日伪军包围。二团据守在一座小山上，连续打退敌人五次冲锋。到下午三点多钟，敌人又组织了第六次冲锋。数不清的黄帽子在树丛中晃动，刺刀在夕阳照耀下闪着冷森森的寒光。"政委，敌人又上来了！"一个长着络腮胡子的战士朝赵一曼喊。正在给伤员包扎伤口的赵一曼抬起头来，朝这个战士喊："老于，注意节省子弹，等敌人靠近再打。"赵一曼抽出枪，隐藏在一棵树后向山下观察。见敌人爬了上来，赵一曼大喊："甩手榴弹，狠狠地打！"

敌人刚退回去，赵一曼看到两个日军军官挥着军刀逼着士兵继续冲锋。赵一曼把手枪往腰里一插，顺手抓过一个战士手里的步枪，喊了声："老于，瞄准那两个举刀的家伙，你打右边的，我打左边的。""啪啪"两枪，两个鬼子军官身子一仰，轱轱辘辘地滚下

碧血染将天地红 bi xue ran jiang tian di hong

抗日女英雄赵一曼

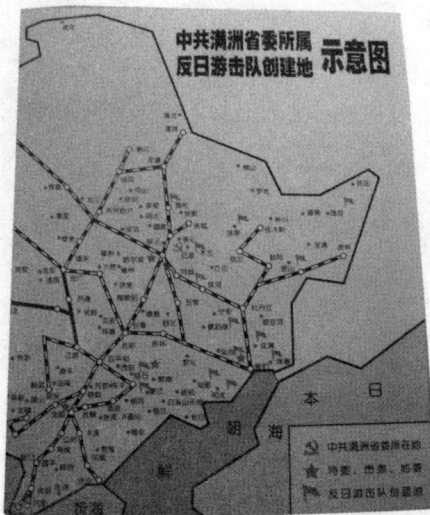

山去。其余的日伪军见状，趴在树丛里再也不敢动一下。这次战斗，共击毙横山部队机关枪队队长古谷清一、小队长芹泽等日伪军三十余名。

战斗进行到晚上，王团长从阵地的一头跑过来，喘着粗气问："怎么样，政委？""同志们都很英勇，但伤亡不小，你赶快带队伍和伤员冲出去，我掩护！"赵一曼果断地说。"那不行，你是女的，还是你走，我留下。"王团长着急地说。"这是什么时候，还分男的女的，女的就不能打掩护？你是团长，有责任把队伍带出去，我们还会见面的。"赵一曼坚决地说。

赵一曼刚把留下的五名战士集中起来交代任务，就听敌人狂喊："你们跑不了啦，快投降吧！"接着就看到敌人一批一批地弓着腰往上爬。这时，战士们的子弹已经打光了，遂与敌人展开了肉搏。老于抱着一个鬼子滚下了山崖，赵一曼扔出最后一颗手榴弹后也滚下了山谷……

原来，王团长带领的队伍并没有突出敌人的包围，他们在子弹打光后与敌人进行了最后的拼击，大部分同志壮烈牺牲了。赵一曼醒过来时，发现自己躺在草丛里，四周一片漆黑。当她坐起来时，看到离她不远处好像还有一个人，于是便靠了过去。原来这是妇女会员杨桂兰。"伤着了没有?"赵一曼关切地问。"只擦破点皮，一点不碍事。""那好，你到周围看一看，是否还有我们的同志。"小杨走出不远，就碰上了战士老于。原来，老于把鬼子一顿拳头打昏后又用石头砸死，自己也受了轻伤。接着又陆续找到了铁道北区委宣传部长周柏学和交通员刘福生。

碧血染将天地红 bi xue ran jiang tian di hong

——抗日女英雄赵一曼

赵一曼把五个人集中起来，果断地说："我们必须尽快离开这里，天一亮敌人一定会搜山。""小西北沟有我的一个小窝棚，地点很隐蔽，我领大家去那儿吧。"刘福生说。"好，我们现在就走！"赵一曼对大家说。

他们在小西北沟一共住了六天。不幸的是左撇子沟一个姓廉的汉奸地主发现了这五个人的行踪，向日军告了密。六天后的早晨，三十多名日伪军包围了这个小窝棚。在双方对射中，刘福生中弹牺牲。老于为了掩护赵一曼，想把敌人从这里引开。于是便一个箭步冲到了外边，刚要继续跑，就被敌人打倒了。赵一曼左手腕滴着血，仍倚着门框向敌还击。这时，一颗子弹打断了她的大腿骨，赵一曼立刻昏了过去……

当赵一曼醒来时，发现自己被关在一所空房子里，旁边坐着小杨，便知道自己已经被俘了。这时，她左裤腿已经被血浸透，左手腕还在往外沁着血珠，整个身体已经麻木，唯一能转动的只有脑袋。赵一曼把脑袋转向小杨，叮嘱她说："你一定不要说出自己的身份，就说是被我找来侍候伤员的，别的什么也不知道，一切由我承担。"后来，敌人由于找不到证据，小杨被关押28天便获释放了。

关押赵一曼的地方是珠河县伪警务科，被俘人员由伪滨江省特务大野泰治亲自提审。由于赵一曼伤势很重，怕提审晚了录不到口供，于是决定连夜审讯。

警察把已经半死了的赵一曼抬到刑讯室，大野冲着赵一曼盯了好一会儿，突然怒冲冲地问："你的为什么抗日？"赵一曼挺起身子，咬着牙说："为什么抗日？笑话。中国人不抗日干什么？我是中国人，日本侵略中国以来的行动不是几句话能道尽的。如果你是中国人，对于日军目前在珠河的烧杀抢掠行为将怎样想呢？中国人民反对这样的日军，难道还用得着解释吗？我们中国人除了抗战外，别无出路。""我们到中国来是为了帮助中国建立王道乐土，我们是主张日满亲善的"大野慢条斯理地说。"哈哈！那么请问，你们亲善的内容又是什么呢？就是你们那个可爱的三光政策吗？还是你们的配给制、劳工制、勤劳奉事？还是遍地的特

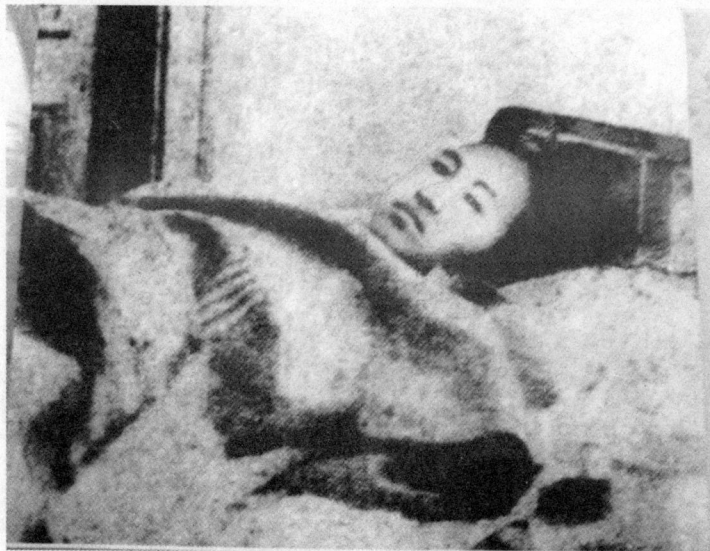

务警察，人满为患的监狱，杀人如麻的兽行？任何一个国家以这种态度对待他的国民，他能够维持得下去吗？"大野立刻被赵一曼的侃侃而谈所激怒："叭咯！你就是那个凶恶的共匪女首领！"说着便手提马鞭走到赵一曼身边，举起鞭子便抽赵一曼受伤的左腿，然后又用鞭杆捅她受伤的左手腕。赵一曼被折磨得昏死过去。

赵一曼被抬走后，大野一面命令提审其他人，一面让警务科找来医生，给赵一曼治疗，并吩咐："这个赵一曼价值大大的，死了的不行。"通过审讯，大野已初步认定，眼前这个遍体鳞伤的女人就是珠河中心县委的领导人，即那个令他们寝食不安、一夕数惊的

"共匪"女首领。

五天后，赵一曼被日军用车子押回了哈尔滨。12月12日，赵一曼被安排住到了哈尔滨市区医院。自此，警务厅便派警察对赵一曼实行昼夜监视，并有护士专门护理。经过一段时间的观察，赵一曼发现，警士董宪勋和护士韩勇义为人很正派，有民族正义感，于是她便开始做这两个人的工作。经过争取，两个青年决心帮助赵一曼逃出虎口，跟赵一曼参加抗日斗争。

这两个青年人帮助赵一曼出逃不是偶然的。董宪勋虽然是个伪警察，但却是一个富有正义感的热血青年。他的叔叔和堂兄弟都参加了秘密的抗日会活动，对他有很大影响。韩勇义的爸爸曾经参加过马占山将军领导的嫩江桥抗战，后来被日本人杀害。她十分仇恨日本人，早就有心参加抗日救国工作。这样，在赵

一曼的耐心开导和争取下，董、韩二人决定帮助赵一曼逃出哈尔滨，去找抗联部队。

经过精心的筹划。赵一曼和董宪勋、韩勇义决定选在6月28日这天开始行动。为了筹措经费，韩勇义卖掉了自己的金戒指和几件好衣服。

6月28日这一天正好是星期天，医院里的绝大部分人员都休息了。董宪勋利用他伪警察的身份，雇了一辆白俄的汽车，悄悄地从后门开进了医院。他和韩勇义把赵一曼扶上汽车。汽车顺着来路疾速地驶出了医院后门，向阿城开去，城门的守兵连问都没问，就把他们放了出去。董宪勋带着赵一曼、韩勇义到了阿城县叔叔家住了一夜，请叔叔帮助租了一辆马车，准备马上离开敌占区，前往游击区。

赵一曼他们逃走不久，就被敌人发觉了，日本宪兵司令极为恼火，一个重要的共党分子竟然在受了重伤的情况下，逃离医院，而负监护之责的警察与护士

永远铭记着：历经
艰难辉煌的岁月里，人民英雄们用了
自己的鲜血，才换得了今天的
胜利！

邓小平敬题
一九八九年建国四...

也同时失踪，这真是太丢人了，上面知道了，怪罪下来就不得了。他立刻下令全哈尔滨市戒严。随即出动宪兵、警察进行严密的搜索。搜了一天，毫无结果。他又下令调查董宪勋、韩勇义的背景情况，当得知董宪勋家住阿城时，马上派一队人马扑到董宪勋家。

当日本宪兵、特务追到董宪勋叔叔家时，赵一曼他们已经奔往游击区去了。但是一个民族败类、日本人的走狗向日本宪兵告密，说有三个人坐马车出村向东南方向去了。敌人如获至宝，马上追了上来。由于敌人的运输工具多为摩托，速度极快，很快就追上了赵一曼等人乘坐的马车，赵一曼和董宪勋、韩勇义一起被敌人逮捕。

赵一曼再次被捕后，敌人对她进行了一个多月的残酷刑讯，几乎用遍了所有的刑具，仍是一无所获。于是准备于8月2日将她拉到珠河杀害。在押解的途中，在马车上，她为幼小的儿子写下一封感人肺腑、催人泪下的遗书。遗书是这样写的：

宁儿！

　　母亲对于你没有能尽到教育的责任，实在是遗憾的事情。

　　母亲因为坚决地做了反满抗日的斗争，今天已经到了牺牲的前夕了！

　　母亲和你在生前是永远没有再见的机会

了。希望你,宁儿啊,赶快成人,来安慰你地
下的母亲!我最亲爱的孩子啊,母亲不用千言
万语来教育你,使用实际行动来教育你。

　　在你长大成人之后,希望不要忘记你的母
亲是为国而牺牲的!

一九三六年八月二日

你的母亲赵一曼于车中

　　这不是一封普通的遗书,而是一个为国为民不为
家的民族英雄留给我们的一份宝贵的精神财富!它不仅
对宁儿有重要的教育意义,对于我们广大的青少年也
同样具有普遍的教育意义。它将永远激励我国广大青
少年为捍卫民族独立、建设富强的现代化的社会主义

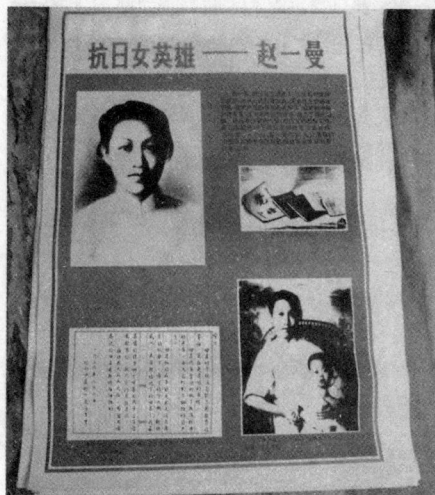

强国而奋进!

　　1936 年 8 月 5
日,敌人将赵一曼
押解到她曾战斗过
的珠河县城(即今
天黑龙江省的尚志
市)。敌人企图杀
一儆百,泯灭珠河
人民的抗日斗志。

他们把赵一曼放在马车上，押往各主要街口"示众"。赵一曼拖着被敌人严重摧残的病弱的身躯，利用这一最后的机会，不断地向被敌人驱赶来围观的群众进行宣传教育，"同胞们，不要害怕，为了民族的解放，赶快行动起来，把小日本赶回老家去！不要为我难过，要为我报仇！"

敌人非常恐慌，不断地用皮鞭子抽打她早已遍体鳞伤的身体，甚至用破布来堵她的嘴，她坚持着、断断续续地进行着抗日的演说……

刑场到了。赵一曼以惊人的毅力站了起来，她奋力甩掉上来欲搀扶她的伪警察，气宇轩昂地走下刑车。她用手理了理被秋风吹乱的头发，轻蔑地看了一眼敌人的监刑官，面对黑洞洞的枪口，高呼："打倒日本帝国主义！""中国共产党万岁！"……敌人的枪声响了，罪恶的子弹击中了她，她摇晃了一下，倒在了大地母亲的怀抱，殷红的鲜血一滴一滴地渗入了祖

碧血染将天地红 bi xue ran jiang tian di hong

——抗日女英雄赵一曼

国的黑土地。

就这样，杰出的抗日女英雄赵一曼为了民族的解放，壮烈地牺牲在关东大地。

赵一曼的一生，是短暂而辉煌的一生，她自幼追求真理，追求进步，不断探索，不断前进，把自己的一生奉献给民族的解放事业，她以自己的行动树立起一座历史的丰碑！她为国为民不为家的精神，正是我们应该发扬光大的民族魂！

东北抗联精神

　　20世纪20年代，在中国发生的抗击日本法西斯的战争，是一场神圣的民族解放战争。在这场波澜壮阔的战争中，中国人民英勇不屈，顽强抗争，不畏牺牲，与凶恶的日本侵略者进行了坚决的、持久的斗争，为中华民族的解放和世界反法西斯战争的胜利作出了重大的贡献。在中国东北战场上，中国共产党领导的东北抗日联军在极端恶劣的条件下，同强大的日本侵略者展开了长达14年的艰苦卓绝、气壮山河的英勇斗争，直到抗战取得最后胜利。在这场战争中，东北抗日联军创造出永恒不朽的光辉业绩，谱写了一曲可歌可泣、惊天动地的英雄篇章，铸就了光耀千秋、彪炳史册的东北抗联精神。

　　东北抗联精神的主要内涵：忠贞报国、勇赴国难的爱国主义精神；勇敢顽强、前仆后继的英勇战斗精神；坚贞不屈、勇于献身的不畏

碧血染将天地红
bi xue ran jiang tian di hong

——抗日女英雄赵一曼

牺牲精神；不畏艰苦、百折不挠的艰苦奋斗精神；休戚与共、团结御侮的国际主义精神。

1. 忠贞报国、勇赴国难的爱国主义精神

即在国家、民族遭受危难的关键时刻，为了挽救民族的危亡，维护国家的独立和领土完整，高举爱国主义旗帜，反抗国民党政府不抵抗政策，号召广大民众组成东北抗日武装抗击日本侵略者，投身抗日斗争，同仇敌忾，义无反顾，奋起抗战，勇赴国难，誓死保卫家园的精神。东北抗联忠贞报国、勇赴国难的爱国主义精神主要表现在三个方面：

一是为拯救中华民族愤然而起抗击日本侵略者的高度自觉性。"国家兴亡、匹夫有责"、"以天下为己任"是中华民族精神中最宝贵的财富之一。东北被日本帝国主义占领后，中国共产党人以民族利益为根本利益，在中国共产党的领导下，中国人民的爱国热情得到了极大的释放，这就使抗战时期的爱国主义精神表现出

极大的自觉性，举国上下、万众一心地投入到
轰轰烈烈的抗日救亡运动中。

　　二是众志成城、一致抗敌的空前广泛性。
在中国近代历史上，历次反侵略战争大都是局
部的，或者局限于部分地域的部分中国军队的
行动，或者是部分群众自发的反帝斗争，只有
抗日战争，全中华民族实行了总动员，中国人
民的爱国热情如同火山一样爆发出来，达到了
空前的广泛程度，"每个人被迫发出最后的吼
声"就是对这种广泛性的生动概括。

关东军围剿抗联战士的铁证

碧血染将天地红 bi xue ran jiang tian di hong

——抗日女英雄赵一曼

　　三是在党的抗日统一战线旗帜下所形成的前所未有的组织性。中华民族在历史上是一个屡遭劫难的民族，可谓内灾频频，外祸不断。尤其在抗日战争前的旧中国，更是处在封建统治，军阀混战，四分五裂，一盘散沙的状态。无数仁人志士，徒有一腔热血，没有也不可能组织成强大的反抗力量。但是，到了抗日战争时期就不同了。面对残暴的日本法西斯，中国人民在中国共产党的抗日救国号召下，爱国热情不仅空前的爆发出来，而且被前所未有地组织起来。在东北，中国共产党历史地成为东北人民的领导核心。在党的抗日民族统一战线旗帜指引下，东北各阶层人民、各种抗日武装统一组成了——东北抗日联军。

　　东北党组织和它所领导的东北抗日联军，认真贯彻中共中央的指示精神，从东北抗日斗争的实际出发，实行抗日民族统一战线政策，团结一切可以团结的抗日武装力量。在党的抗日救国旗帜下，汇集起浩浩荡荡的抗日大军，共同向日本侵略者展开顽强的武装斗争。

2. 勇敢顽强、前仆后继的英勇战斗精神

即面对凶残的敌人和恶劣的条件，东北抗日联军不畏强暴，勇猛杀敌，出生入死，浴血奋战，表现了中国人民坚决抵御外侮的坚定信心和必胜信念。勇敢顽强、前仆后继的英勇战斗精神，是中国共产党人领导的抗日武装不断发展之根本，力量之所在，也是中国共产党人在东北抗日战争时期所创辉煌业绩的集中体现，是东北抗联精神的坚强基石。在长期的艰苦斗争中，在敌我力量极其悬殊的条件下，东北抗日联军能够克服种种艰难险阻，坚持斗争到最后，直至获得民族的解放，靠的就是这种勇敢顽强、前仆后继的英勇战斗精神。从中国共产党的历史来看，只要具备这种精神，就没有战胜不了的敌人和困难。因此说这一精神是东北抗日战争时期，中国共产党领导的东北抗日联军，为我们留下的重要精神财富之一。东

北抗联勇敢顽强、前仆后继的英勇战斗精神主要体现在以下三个方面：

一是为抗击日本侵略者而敢于斗争、敢于胜利的坚定性。中华民族自古以来就有与敌人血战到底的英雄气概。近代以来，中华民族为了反抗帝国主义的侵略，进行了不屈不挠的斗争。在抗击日本帝国主义的过程中，中华民族一洗百年来由于统治者的腐败而遭受的耻辱，第一次取得了反抗帝国主义侵略的完全胜利。中国人民在抗日战争中显示了前所未有的彻底实现民族革命的坚定性。

二是为了中华民族的解放事业斗争经历的曲折性。东北抗日联军的武装斗争，并不是一帆风顺的，在长期的斗争中，走过了曲折的历程。经历了失败—胜利—再失败—再胜利的复杂过程。造成这种状况的主要因素有：第一是党的组织领导薄弱。1933年1月26日，当中央发出新的指示后，东北党组织放弃了土地革命的任务，贯彻抗日民族统一战线政策，集中力量抗击日本侵略者，使反日斗争走向正轨。1935年上海中央局遭到破坏后，东北党组织与党中央失去了联系，东北的抗日武装斗争转由中共驻共产国际代表团直接领导。中共代表团在领导东北的抗日斗争中曾取得一定成绩，发挥了重要作用。但由于中共代表团撤消了中共满洲省委，使东北各地失去了统一领导，而代表团又驻在莫斯科，远离东北，鞭长莫及，对东北的领导忽断忽续，后来断而不续。第二是

东北抗联史实陈列馆

碧血染将天地红 bi xue ran jiang tian di hong

——抗日女英雄赵一曼

党内错误斗争，削弱了自身的实力。从1937年1月开始，围绕中共驻共产国际代表团王明、康生《给吉东负责同志的秘密信》及补充指示信中提出的斗争方针、政策、策略，吉东、北满（临时）省委和北满党组织内部展开了激烈的争论，在一些问题上产生严重的分歧，互相指责对方为"左"倾、右倾，在反"讨伐"斗争最为紧张的时刻也没有停止。这一争论一直延至1939年，并且演变为党内斗争。有的被指责为反党、反中央，有的被怀疑为奸细，一些人被开除党籍、撤职、降职。争论的结果，使党内的团结遭到破坏。加之各部队间缺乏统一指挥机关的领导协调，相互间不能很好地配合，协同作战，以至各自为政，最终导致战斗力严重下降。第三是敌人力量强大，统治严密。九一八事变后，日军为了扑灭东北熊熊的抗日烽火，向东北增派大批兵力，装备精良、训练有素的关东军急骤增加，最多时70万（号称百万）。除此以外还有大批伪军、伪警察。敌人不断强化日伪统治机关，加强对抗日部队的镇压。为了消灭东北抗日联军，敌人采取剿抚并举，治标、治本相结合的策略，采取所谓"匪民分离"政策，大力建立"集团部落"，将群众与抗联强制分离，使抗联得不到群众的支援，成为无源之水。第四是队伍成分复杂。东北抗日联军是贯彻党的抗日民族统一战线政策组成的武装部队，部队成分较为复杂，其中在参加抗日联军前为义勇军和山林队的占较大比重。由于党内干部严重缺乏，不能派出更多干部到这些部队从事政治工作。同时，在政治工作中也因缺乏工作经验，存在忽左忽右的问题。因而，在这些部队中政治力量薄弱，一些人员特别是领导者的旧思想、旧习惯没有得到彻底改造，在紧要关头，最先容易动摇，以至叛变投敌，使抗日联军遭受重大损失。

总之，东北抗日联军遭受曲折的原因除以上几个主要方面外，还有其他一些因素。如：战略战术上运用的失误，部队党组织工作不够

抗联战士伏击敌人

健全，自然条件的恶劣等等。东北党组织和党的其他各地组织一样，在艰难曲折的长期斗争中难免有这样那样的缺点和错误。造成这些缺点和错误的原因是多方面的，但是，无论他们遭受多大挫折，都始终没有放弃斗争，始终坚持与敌人战斗，直到迎来中华民族的解放。

三是在敌我力量极其悬殊条件下斗争的长期性。东北抗日战争从1931年9月18日事变到1945年9月3日抗战胜利，长达14年，是全国乃至世界开辟时间最早、坚持时间最长的反法西斯战场。因而东北抗日联军也是中国乃至世界各反法西斯部队中，抗敌最早、时间最长、坚持最久的一支英雄队伍。它比西班牙反对德、意法西斯战争早5年，比波兰反对德国法西斯早8年，比苏联反对德国法西斯的卫国战争早10年。

东北地区是具有重要战略地位的地区。日本帝国主义占领东北，其战略意图是把它作为日本大陆政策的"生命线"和基地，进而占领全中国，向北进攻苏联，向南实现独占亚洲和太平洋地区的野心。东北抗战的长期性是非常明显的，主要是敌人力量过于强大。战前，日本是一个发达的资本主义国家，军事发展迅速，军队有超强的战斗力，在世界各帝国主义国家中处于领先地位。而我国则是一个贫穷落后的、半殖民地半封建国家，国内军阀连年混战，加剧了国家的分裂和经济的崩溃，国土沦丧，民生凋敝。再加上蒋介石政府奉行"攘外必先安内"的反动方针和不抵抗主义，导致日本侵略者很顺利地占领东北。且中国共产党还处在弱小时期，九一八事变时在东北的共产党员还不足2000人。14年抗战过程中，东北抗日联军最多也不过3万多兵力，敌强我弱，力量对比过于悬殊。在这种情况下，东北抗日联军与敌人战斗，其残酷程度可想而知。要取得胜利，必须积累力量，争取有利国内国际环境的支持。因此，以如此微薄和悬殊的力量与日寇战斗，必然是一个长期的过程。

3. 坚贞不屈、勇于献身的不怕牺牲精神

为了中华民族不受外族侵略而英勇斗争，广大抗联将士面对死亡大义凛然、视死如归，甘愿抛头颅、洒热血，体现了把忠于祖国、捍卫主权重于个人生命、为国捐躯而在所不惜的高尚品格。东北抗联坚贞不屈、勇于献身的不畏牺牲精神主要体现在以下三方面：

一是为了国家主权、民族解放而勇于献身的崇高理想信念。东北抗联精神就是东北抗日联军为了拯救中华民族，英勇抗击日本侵略者，而对取得国家独立、领土完整的向往和追求。在中国共产党领导下，广大抗联指战员树立起驱逐日本侵略者出中国，取得民族解放的

崇高理想和坚定信念。正是凭着这种理想信念，东北抗联指战员才能在抗击日本帝国主义的斗争中，面对强大的敌人，不畏牺牲，出生入死，前仆后继，表现出大无畏的英雄气概。杨靖宇将军说过："党是革命者的生命、灵魂，是革命成功的保证"，"一个忠贞的共产党员、民族革命的战士为伟大的共产主义理想，为民族解放事业，头颅不惜抛掉，鲜血可能喷洒，而忠贞不二的意志是不会动摇的，最后胜利的信心是坚定的"。正是有了这样坚定的理想信念，才使得他在民族危亡之际，挺身而出，勇赴国难，百折不挠，英勇抗击日本法西斯，战斗到生命的最后一息。

在中国共产党领导下，东北抗日联军正是凭着这种理想信念，在"血"与"火"的战争年代与日本侵略者进行殊死决战，抛头颅、洒热血，克服重重困难，进行英勇顽强的斗争，为全国抗战的最后胜利建立了不朽功勋。

二是为祖国解放、领土完整而与日寇血战

到底的英雄气概。如果说抗日战争是世界抗战史上罕见的战争，那么东北抗日联军抗击日本法西斯的英勇斗争就是一首充满着豪迈气概的英雄壮歌，是一卷记载着无数英烈动人事迹的英雄史诗。它反映了东北抗日联军不畏强暴，奋勇杀敌，与日本侵略者血战到底，为民族解放与独立而勇敢斗争的强大精神。正是这种英雄气概，极大地鼓舞了全国人民的抗日信心、勇气和斗志，狠狠打击了日本关东军的猖狂气焰，粉碎了日本帝国主义占领中国的美梦。

在东北抗战期间，有上千名东北抗日联军指挥员英勇牺牲，有难以计数的抗联战士血洒疆场，他们的名字鲜为人知，但他们的光辉业绩永存。

三是为了民族尊严而决不苟且偷生的民族气节。民族气节是中华民族固有的人格特征。自古以来，中华民族的优秀儿女在外来敌人面前，就表现出了为民族尊严而决不忍受屈辱、决不苟且偷生的崇高气节。在东北抗日战争中，面对日本法西斯的凶恶气焰，中华民族的高贵气节闪烁出夺目的光彩。

为了美好的信仰，东北抗联广大指战员不惜舍弃小家；为了祖国的解放和人民的幸福，他们不向凶恶残暴的敌人低头；为了坚守正义，他们蔑视敌人，笑对死亡。这种坚贞的英雄气概、崇高的革命品格、令人敬仰的民族气节，永远值得我们后人学习。

4. 不畏艰苦、百折不挠的艰苦奋斗精神

即在极端艰难困苦时期，东北抗日联军以

抗联石雕

碧血染将天地红 bi xue ran jiang tian di hong

——抗日女英雄赵一曼

当代人类难以生存的条件，进行着人类历史上罕见的反侵略战争。他们坚忍不拔、不屈不挠，与敌人苦斗周旋，始终保持高昂的斗志和乐观精神，表现了抗联将士们誓与日本侵略者血战到底的奋斗精神。东北抗联不畏艰苦、百折不挠的艰苦奋斗精神主要体现以下三方面：

一是东北抗日斗争的极端艰苦性。东北抗日斗争是中国战争史上乃至世界战争史上最为艰苦的篇章。东北抗联经历的艰苦是难以想象的。日伪当局为了镇压中国共产党领导的人民反抗力量，消灭人民抗日武装东北抗日联军，每年都要集中大批的兵力和大量的物力财力连续进行"全满扫荡"和"区域讨伐"。同时，日伪统治者为断绝抗日联军与群众的关系，疯狂推行"三光"政策，在东北各地建"集团部落"，导致抗联将士经常陷于极为险恶的境地。东北的自然环境恶劣，冬季时间长，风雪严寒，抗联将士们经常在零下40多摄氏度的冰天雪地里生存和战斗，被冻得断指裂肤，"火烤胸前暖，风吹背后寒"，就是当时战斗生活的真实写照。由于敌人的封锁，严禁粮食、服装、火柴、食盐等日常生活用品流入游击区，部队缺粮断水是经常的，无衣无食，只得以吃草根、嚼树皮、喝雪水、啃马皮裹腹。有时所需粮食和棉衣，也得用战士们的鲜血和生命去获取。可以毫不夸张地说，东北抗日武装是以当代人类难以生存的条件，进行着历史上罕见的残酷战争。

二是东北抗日斗争的极端残酷性。日本帝国主义侵占东北后，对东北人民风起云涌的抗日斗争，进行了疯狂的镇压和极端残暴的屠杀，致使东北的抗日战争异常残酷。日本侵略当局为巩固殖民统治，以达其战争目的，对东北抗日联军进行多次大"讨伐"。"讨伐"中采取定期、定点、定线分兵包围和篦梳山林、铁壁合围、陆空配合等战法，穷追不舍，致使东北抗日武装遭受严重挫折。日军在军事"讨伐"的同时，还在政治上进行诱降，推行"宣抚"政策，派汉奸、特务对意志薄弱者进行收买，对支援抗联的群众即以"通匪"论处，大肆屠杀，一次就屠杀二三百人乃至七八百人的大惨案举不胜数。日伪统治者为破坏中共党组织和反日群众组织，多次组织"大检举"。从1934年至1942年在东北就进行了6次"大检举"，小规模的"检举"不计其数，导致大批中共党员、抗日救国会员、地方工作人员被捕被杀，无数抗日群众断送生命。敌人实行的烧光、杀光、抢光政策举世罕见，可见日本法西斯统治手段之残暴、毒辣。

三是东北抗日斗争的极端复杂性。当时的中国正处在复杂的国内外环境下，因而给中国的抗战带来了复杂的局面，东北的抗日斗争也就呈现出极为复杂的特点。首先是日本侵略中国的期间正是中国第二次国内战争期间，国民党政府对日本的入侵采取不抵抗政策，而对中国共产党领导的红军却进行疯狂的连续不断的"围剿"。中国共产党不仅要领导红军进行反

"围剿"斗争，而且还要领导全国人民进行抗日斗争，在方针、政策和战略战术方面都有不同。而且，当时党内正在执行王明"左"倾教条主义，给东北抗日斗争带来了重大损失，导致东北抗日斗争形势的复杂。其次是在东北战场上有多支抗日部队，既有中国共产党领导的东北抗日联军，又有大大小小的抗日义勇军和山林队。党和抗联部队如何对待这些部队，确定正确的方针、政策，有个实践、探索和积累经验的过程。当这些抗日武装能够紧密团结、

东北抗日联军在深山密林中建造的密营

碧血染将天地红 bi xue ran jiang tian di hong

——抗日女英雄赵一曼

共同作战的时候，东北抗日斗争就会出现好的形势。反之，就会出现不利和复杂局面。第三是东北党组织曾由中共上海临时中央和中共驻共产国际代表团双层领导。1936年1月，中共满洲省委被中共代表团撤消后，成立南满、吉东和北满三个省委。在东北缺乏党的统一领导，也未建立起统一军事指挥机关，这必然使东北各地区、各部队之间，由于在一些重大问题上认识不同而出现分歧和复杂局面。正如1941年5月14日东北抗联训练处临时党委员会的意见书中提到的那样："东北的敌人是统一的，敌人以统一的军事、政治的进攻来进攻我们，我们则不能够以统一的计划来反击敌人。1938年整个联军及全东北地方党组织之受到严重损折，谁也不能否认党和军队的不统一是其主要原因之一"。

5. 休戚与共、团结御侮的国际主义精神

即在世界反法西斯战争旗帜下，中、朝、

抗联战士在战壕里阻击日军

苏人民面对共同敌人日本帝国主义，一致团结，并肩作战，生死相依，抒写了一篇感天动地、气壮山河的团结御侮的英雄篇章。东北抗联休戚与共、团结御侮的国际主义精神主要体现在以下两个方面：

一是斗争目标的一致性。1910年日本占领朝鲜，朝鲜沦为日本的殖民地，大批朝鲜民众不甘忍受日本法西斯的压迫与奴役，流亡到东北。日本侵占中国东北后，伪满洲国建立，东北变成了日本帝国主义的殖民地，中国东北人民和朝鲜人民都深受日本帝国主义的奴役和压

碧血染将天地红

bi xue ran jiang tian di hong

——抗日女英雄赵一曼

迫。这样，东北地区的主要矛盾就由阶级矛盾变为中日之间的民族矛盾，日本侵略者成为中朝人民的共同敌人。驱逐日本侵略者，争取民族独立和自由，便成为中朝人民共同的斗争目标。在14年艰苦卓绝的斗争中，中朝人民在中国共产党的领导下，始终团结在一起，战斗在一起，最后驱逐日本侵略者，取得了民族的独立和解放。

中苏两国是国际反法西斯战线重要同盟国家。在中朝人民与日本法西斯的英勇斗争的同时，苏联人民对日本侵略者的进攻给予了有力回击。1938年7月和1939年5月，日本制造了"张鼓峰事件"和"诺门汗事件"后，苏联与东北抗日联军更有了一致目的。东北抗联领导人于1939年末、1940年末召开的两次伯力会议都有苏方代表参加，帮助抗联确定斗争策略，体现了共同抗击日本侵略者的一致性。尤其在苏联百万红军出兵东北的战斗中，中朝反法西斯战士与苏军一道，英勇战斗，消灭了大批的日伪军，迎来了世界反法西斯战争的最后胜利。

二是紧密团结的合作性。在反法西斯战争中、中、朝、苏人民为了反对共同的敌人日本侵略者，密切配合，共同战斗，休戚与共，为国际反法西斯战争建立了丰功伟业。以金日成等为代表的朝鲜共产主义者，在14年的艰苦斗争中，一直与东北人民并肩战斗。他们勇猛顽强，不畏艰险，功勋卓著，付出了极大的牺牲，为抗击日本法西斯作出了重要贡献，用鲜血凝成了中朝两国人民牢不可破的战斗友谊。

东北抗日联军的抗日武装斗争，对日本进攻苏联计划产生了严重影响，打乱了它的战略

东北抗日联军第3军

布局，牵制了日军的北上，使日军对苏战略体系始终不得进展。对此，苏联顾问承认："在东北，日军被迫留住大量关东军"（崔可夫：《在华使命——一个军事顾问的笔记》，第47页）。共产国际也曾指出："满洲的游击战起了重大作用，致使日本法西斯军阀至今不敢发动反苏的反革命战争"（《共产国际有关中国革命的重要文献资料》第2辑，第193页）。同时，在东北抗联斗争进入极其艰苦时期，苏军对东北抗日联军在指导东北抗日斗争、培养抗联干部、提供军事物资等方面也给予了较大支持和帮助。尤其在1940年东北抗联与苏军正式建立了互相合作关系后，双方联系更加密切。东北抗联教导旅进入苏境野营休整，得到苏军的支持和援助，进行了严格的、正规的军事整训，并经常派出小部队返回东北进行军事、侦察活动，提供有重大军事价值的情报，为反攻东北做了必要的准备。最后，东北抗联将士与苏军一道反攻东北，直到日本宣布投降，东北获得解放。

中华魂·百部爱国故事丛书
提　要

《誓与禁烟相始终——民族英雄林则徐》

林则徐严禁鸦片，坚决抵抗西方列强的侵略，坚持维护国家主权和民族利益。他是中国近代历史上第一位睁眼看世界的人，是抗击帝国主义殖民侵略的第一人，是中华民族抵御外侮过程中伟大的民族英雄。

《血洒虎门御敌寇——抗英将军关天培》

民族英雄关天培，在第一次鸦片战争中为了抗击英国侵略者的入侵而血洒虎门，为国捐躯，谱写了一曲可歌可泣的英雄赞歌。关天培用他的生命，书写了中国人民反抗外侮的历史。

《威震镇海靖节魂——抗敌英雄裕谦》

在第一次鸦片战争期间的众多牺牲者中，有一位官阶最高，他就是两江总督裕谦。裕谦与外国侵略者斗争立场坚定，与国内妥协派、投降派斗争态度坚决。裕谦督战镇海，与英国侵略军浴血奋战，临危不惧，以身报国，浩气长存。

《斩邪留正解民悬——太平天国领袖洪秀全》

农民出身的洪秀全，从失意文人到起义领袖，经历了长期的思想演变过程，在外敌入侵、清廷腐朽的历史环境之下，顺应时代的潮流，成长为一位非凡的历史英雄人物，建立了与清朝政府相抗衡的农民政权——太平天国。

《仰承汉唐　荟萃中外——近代数学家李善兰》

李善兰是我国19世纪重要的科学家之一，在数学、天文学、力学等方面都有重大建树。他继承了我国古代数学的成就，又以极大的热情传播西方科学文化，"仰承汉唐，荟萃中外"，把自己的一生献给了科学事业。

《严谨治学　勇于探索——近代著名数学家华蘅芳》

华蘅芳，中国近代数学家之一。其精通中国古算学，并熟练掌握西方近代数学，是中国验证抛物线并著书立说的参与者。为了证明"外国有的，中国也能造"而鞠躬尽瘁，在引进西方科学技术、传播科学知识上贡献卓著。

《折冲樽俎护山河——近代著名外交家曾纪泽》

曾纪泽是中国近代史上著名的爱国外交家，在中俄伊犁交涉事件中，他秉承抵抗列强、保卫国家的坚定意志，利用外交手段全力同沙俄抗争，捍卫了国家主权、民族尊严，收回了祖国的领土，在近代中国外交史上留下了光辉的一页。

《甲午海战留英名——民族英雄邓世昌》

邓世昌，北洋水师名将。本书以邓世昌的成长过程为线索，以代表性的历史故事为主要内容，还原真实的历史事件，突出鲜明的人物性格。邓世昌因在中日甲午海战中突出的英雄气概而名垂史册，书写了伟大的爱国主义篇章。

《誓与舰队共存亡——北洋水师提督丁汝昌》

丁汝昌处在清政府的腐朽和李鸿章的专断下，难以施展爱国的抱负，壮志未酬，愤恨而终。但丁汝昌为建立近代海军作出的巨大贡献，带领北洋舰队爱国官兵勇抗强敌的英雄事迹，将永远为后代所传颂。

《镇南关上凯歌扬——抗法老英雄冯子材》

1885年中法战争中，年逾古稀的冯子材为抵御外国侵略，勇赴国难，大败法军于镇南关，并乘胜追击，接连收复文渊、谅山等地，从根本上扭转了中法战争的局面，成为近代民族英雄的杰出代表。

《屡败法军逞英豪——黑旗军将领刘永福》

刘永福是黑旗军的创建者，是农民出身的杰出军事家、政治活动家。在19世纪发生的援越抗法、中法战争中，他率部与帝国主义侵略者进行了殊死的战斗，建立了卓越的功勋，成为我国近代史上著名的民族英雄，为后世所景仰。

《矢志变法强国家——戊戌变法领袖康有为》

康有为是清末民初最有影响力的思想家之一。他领导了中国知识界的启蒙运动，掀起了一场自上而下的政体改革。他最早在中国提出了立宪政体和具体的宪政方案，主张在坚持儒家传统和帝制的前提下，学习西方经验，他的进步思想对近代中国具有深远的影响。

《开民智以报国 普新知而图强——戊戌变法思想家梁启超》

梁启超，中国近代史上著名的政治活动家、启蒙思想家、史学家、文学家，戊戌变法领袖之一。本书以百日维新思想家梁启超的成长过程为线索，以代表性的历史故事为主要内容，还原真实的历史事件，突出鲜明的人物性格。

《我自横刀向天笑——维新志士谭嗣同》

谭嗣同在民族危机的严重时刻，投身改革救中国的洪流。为了带给祖国一个光明的未来，紧要关头，他挺身而出，用自己的鲜血激励后人，把宝贵的生命献给了变法事业。

《睡乡敢遣警世钟——用生命警策国人的陈天华》

陈天华是民主革命的活动家和宣传家。他写的《猛回头》、《警世钟》等书，起到了革命启蒙的重大作用。为了激发留日学生的爱国情怀，他不惜投海自杀，演出了近代史上感人至深的一幕，给后人留下了难忘的印象。

《革命军中马前卒——民主斗士邹容》

革命乃"至尊极高，独一无二，伟大绝伦之一目的"；它是"天演之公例，世界之公理，顺乎天而应乎人"的伟大行动。因此，必须"仗义群兴革命军"。他激情高呼："革命独子万岁！中华共和国万岁！"这就是《革命军》的作者，中国近代著名资产阶级革命宣传家邹容。

《休言女子非英物——鉴湖女侠秋瑾》

为民族解放和妇女解放而英勇斗争的秋瑾，冲破封建礼教的思想牢笼，打碎封建精神枷锁，崇仰真理，追求光明，主张共和，坚持男女平等，最终献出了自己年轻的生命。

《血溅校场　杀身成仁——民主斗士徐锡麟》

本书讲述了反清志士徐锡麟弃文从武、投身反清革命事业，最终被清政府杀害的故事。出于对国家的热爱，徐锡麟献出自己的生命，他的事迹将永远激励后人深切缅怀这位民主革命的先驱。

《生可死耳　我志长存——献身民主的禹之谟》

禹之谟，民主革命党人，同盟会会员，近代资产阶级革命家、实业家。1886年，20岁的禹之谟"提三尺剑，挟一卷书"游历四方，研究西方社会政治学说，爱国忧民之心日趋强烈。戊戌变法失败，他丢掉改良幻想，倡革命救亡之说，走上民主革命道路。

《物竞天择　适者生存——资产阶级启蒙思想家严复》

严复是中国近代著名的启蒙思想家、翻译家和教育家。他长期从事教育和翻译事业，为近代中国人才培养和思想启蒙作出了重要贡献，同时他也为中国的翻译事业和中西思想文化交流作出了重要贡献。

《辛亥革命急先锋——资产阶级革命家黄兴》

黄兴，清末民初资产阶级革命家，中华民国开国元勋。黄兴在武昌首义及辛亥革命时期的爱国表现，与孙中山闻名于当时，常被时人以"孙黄"并称。本书以资产阶级革命活动实干家黄兴的成长过程为线索，歌颂了先辈伟大的爱国主义精神。

《为宪法流血的第一人——民主斗士宋教仁》

宋教仁是中国近代史上著名的资产阶级革命家。他怀着对祖国的无限热爱，为在中国建立民主共和制度，实现中国的独立富强而奋斗不息，直至被刺身亡。在推翻清朝腐败统治，结束延续几千年封建君主专制，缔造民主共和国方面，立下了不朽功勋。

《矢志革命　百折不回——近代民主革命家廖仲恺》

廖仲恺追随孙中山踏上了创立民国与捍卫共和制的旧民主主义革命之路；在新民主主义革命时期，他为建立、巩固首次国共合作和实施三大政策，英勇奋斗，为国殉职，洒尽了一腔热血。

《将军拔剑南天起——护国英雄蔡锷》

蔡锷是中国近代史上的杰出军事家、爱国者。他的一生短暂而伟大。辛亥革命爆发，他毅然投身于革命洪流之中，领导云南重九起义，对武昌起义积极响应。袁世凯窃国复辟、恢复帝制的阴谋暴露出来以后，他又毅然举起了武装讨袁的旗帜。

《反帝反封建运动——五四青年的爱国故事》

"五四运动"是一次伟大的反帝反封建的爱国运动；是一个伟大的历史转折点；是中国人民的斗争从挫折走向胜利的一个关节点，它为中国的前进开辟了一条全新的道路，拉开了中国新民主主义革命的序幕。

《思想自由　兼容并包——著名教育家蔡元培》

蔡元培是中国近现代著名的民主革命家和教育家，一生经历风雨，却始终信守爱国和民主的政治理念，致力于废除封建主义的教育制度，奠定了我国新式教育制度的基础，为我国教育、文化、科学事业的发展作出了富有开创性的贡献。

《为国家争光　为民族争气——中国铁路之父詹天佑》

詹天佑是我国最早的杰出铁道工程师，因主持建造京张铁路而闻名中外，被誉为"中国铁路之父"。他为祖国的铁路事业贡献了毕生的精力。本书向读者展示了詹天佑热爱祖国、科技兴国的辉煌人生。

《实业救国　衣被天下——轻工之父张謇》

张謇是爱国实业家、教育家。他年轻时中过状元。过了40岁，开始投身工商实业活动中，他的名言是"富民强国之本在于工"。在南通，创办大生丝厂、银行等各种实业。并将创办实业的大部分所得投入教育。他的观点是，教育和实业一样，也是"富强之大本"。

《心向革命　追求光明——平民将军冯玉祥》

冯玉祥将军"是一位从旧军人转变而成的坚定的民主主义战士"。抗日战争期间，他辗转各地，用实际行动积极抗战。日本战败投降后，他为了断绝美国的援蒋内战，又在美国四处演说，揭露蒋介石统治之黑暗，痛斥美国阴谋分裂中国的不良行为。

《刑场上的婚礼——革命烈士周文雍　陈铁军》

周文雍是广州起义的主要领导人之一。陈铁军出身于华侨商人家庭，却毅然投身革命洪流。1928年1月，两人接受派遣，回到广州假扮夫妻从事革命斗争，却不幸被捕。临刑前，两位烈士将敌人的枪声当做自己婚礼的礼炮，用生命和爱情谱写出一曲千古绝唱。

《星星之火　可以燎原——井冈山斗争的故事》

1927-1929年，毛泽东、朱德等老一辈革命家，在井冈山创建了农村革命根据地，进行了艰苦卓绝的斗争，建立了新型革命武装，点燃了工农武装革命之火，找到了农村包围城市最后夺取政权的中国革命的正确道路。

《新民学会的主要发起人——中国共产党早期革命家蔡和森》

蔡和森青年时期曾与毛泽东等人一起组织进步团体新民学会，参加五四运动，并在赴法国勤工俭学时研读大量马克思主义著作，回国后以满腔热忱投身革命事业，成为中国共产党早期重要的理论家和宣传家。

《威震黄浦江畔　高奏抗日壮歌———一·二八淞沪抗战》

面对日本侵略者的挑衅，十九路军在蒋光鼐、蔡廷锴的带领下，高举义旗，奋力一搏。一·二八淞沪抗战，是中国军人捍卫军人荣誉和祖国尊严所发出的吼声，谱写了一曲抗击日军侵略的英雄壮歌。

《将军恨不抗日死——慷慨就义的吉鸿昌》

在国难深重的20世纪30年代，吉鸿昌将军因拒绝执行国民党指示，坚决不打内战，被迫携眷出国"考察"。回国后，他加入中国共产党，组织了民众抗日同盟军，英勇打击日本侵略者，后于1934年11月被国民党反动派杀害。

《献身革命　甘于清贫——梅岭忠魂方志敏》

大革命失败后，方志敏凭着两条半步枪起家，身经百战，创建了赣东北革命根据地和红十军。本书真实记录了方志敏投身革命、领导红军和敌人进行艰苦卓绝斗争的经历，歌颂了烈士贫贱不移、威武不屈、献身革命的高尚品质。

《奏响中华最强音——人民音乐家聂耳》

聂耳在他有限的生命中创作了数十首革命歌曲，在抗日救亡运动中，聂耳的这些歌曲产生了广泛深远的影响。他的音乐创作为中国无产阶级革命音乐的发展明确了方向，树立了榜样。

《横眉冷对千夫指——中国文化革命主将鲁迅》

鲁迅不但是伟大的文学家，而且是伟大的思想家和伟大的革命家。在那风雨如晦的黑暗年代里，他以笔为投枪，同一切帝国主义和反动派进行了顽强的战斗，为中国人民树立了一个不朽的丰碑。他是新文化战线上的一面光辉旗帜，是我们伟大民族的灵魂。

《碧血染将天地红——抗日女英雄赵一曼》

五四时期，赵一曼接受了进步思想，背叛了自己的家庭，反抗封建礼教，谋求妇女解放，走上了争取人民解放的道路。赵一曼在东北地区积极投身抗日斗争。在一次战斗中，她不幸被捕，受尽酷刑，大义凛然，视死如归。

《铁流两万五千里——红军长征的故事》

红军长征是人类历史上的一次伟大的壮举。第五次反"围剿"失败后，中国工农红军的三大主力在极端艰难的条件下，突破国民党军队的围追堵截，进行了史无前例的战略大转移，总行程达两万五千里以上。途中发生了许多动人故事，至今令人难以忘怀。

《荣辱不移革命志——创建陕北红军的刘志丹》

刘志丹是杰出的无产阶级革命家、军事家，西北红军和西北革命根据地的主要创始人之一。他一生热爱人民，追求真理，英勇善战，百折不挠，艰苦奋斗，忠心赤胆，为创建红军和革命根据地、为中国人民的解放事业建立了不可磨灭的功勋。

《英名永存北平城——爱国将领佟麟阁 赵登禹》

1937年7月28日，日军向北平郊区发动进攻。第二十九军副军长佟麟阁奉命在南苑率部与日军苦战，腿部受伤，头部又被敌机炸伤，壮烈殉国。第一三二师师长赵登禹指挥部队顽强抵抗日军，右臂中弹负伤，仍继续作战。后在转移途中遭日军截击而牺牲。

《八百壮士 四行仓库铸军魂——谢晋元和他的战友们》

"八一三抗战"，中国军人以血肉之躯揭开全面抗战的帷幕。这是一场血战，是中国军人不屈不挠的英雄诗篇，其中的八百壮士守四行，成为这首英雄颂歌中最动人、最凄美的音符。一曲四行保卫战，铸就了不屈的军魂。

《八女投江 气贯长虹——八位抗联女战士》

抗日战争时期，以冷云为首的东北抗日联军8名女战士，为捍卫民族尊严，面对凶残的日寇，镇定自若，宁死不屈，投江殉国，表现了中华民族同敌人血战到底的英雄气概。她们的光辉形象，激励着千千万万的后来人。

《艰苦抗战 威震敌胆——著名抗日英雄杨靖宇》

杨靖宇将军是我国著名的抗日民族英雄。曾先后担任磐石游击队政治委员、东北抗日联军第一军军长兼政委、抗日联军总司令等职。领导军民对日寇坚持了长达9个年头的艰苦卓绝的斗争，最终以身殉国。

《死也不当亡国奴——镜泊抗日英雄陈翰章》

陈翰章，从1932年8月投笔从戎，直到1940年12月8日为抗击日本侵略者，战死在镜泊湖畔。他在抗日疆场上奋战了9年，他那可歌可泣的英雄事迹将为人们永世传颂。

《名将殉国 气壮山河——抗日将军张自忠》

著名抗日将领、民族英雄张自忠，生于忧患的时代，抱有"宁为百夫长，胜作一书生"的志向，经历过失败与低谷，最终成就了慷慨人生。本书主要以人物活动为主，勾画出一个真正的"民族魂"鲜活的人生，会带给读者振奋的力量。

《宁死不辱战士名——狼牙山五壮士》

1941年日寇在河北易县扫荡。为掩护群众和主力部队撤退，五位八路军战士毅然把敌人引上了狼牙山棋盘坨峰顶绝路。弹尽粮绝、无路可退，五位英雄纵身跳下了万丈悬崖，用生命和鲜血谱写出一曲惊天地泣鬼神的壮举。

《太行浩气传千古——抗日名将左权》

左权，中国工农红军和八路军高级指挥员，著名军事家。是八路军在抗日战场上牺牲的最高指挥员。名将阵亡，太行山为之垂首，全党为之悲痛。周恩来称他"足以为党之模范"，朱德赞誉他是"中国军事界不可多得的人才"。

《虎将兴关外 抗倭统雄师——抗联英雄赵尚志》

本书描写了久经考验的共产党员、东北抗联的创建者和主要领导人赵尚志，在艰苦卓绝的条件下，坚持抗战，威震敌胆，战功卓著，忍辱负重，忠贞不屈，为国捐躯的英雄故事，为青少年读者呈上一部爱国主义的佳作。

《黄埔之英 民族之雄——抗日名将戴安澜》

抗日名将戴安澜，先后参加保定、漕河、台儿庄、武汉、昆仑关等战役，作战英勇，屡建奇功；入缅作战，"扬威国外，藉伸正义"；守东瓜，复棠吉；殒身缅北，遗恨丛林，马革裹尸，成就了光辉的一生。

《爱国志士 民主先锋——新闻出版家邹韬奋》

本书讲述了邹韬奋献身新闻出版事业的奋斗历程，展现了一位新闻工作者坚定的革命信念和炽热的爱国主义精神，全心全意为人民服务、为读者服务的奉献精神，歌颂了他的高尚情操和优良品质。

《为抗战发出怒吼——人民音乐家冼星海》

人民音乐家冼星海，青年时期在巴黎求学，饱尝屈辱与磨难；学成后毅然回到多灾多难的祖国，用满腔热忱谱写激昂的音乐，鼓舞中华儿女的斗志；奔赴延安，谱写出不朽的名作《黄河大合唱》，发出中华民族抗日救亡的怒吼。

碧血染将天地红 bi xue ran jiang tian di hong

——抗日女英雄赵一曼

《全民皆兵　抗击日寇——抗日战争的故事》

中国人民进行的8年抗战，是一百多年来中国人民反对外敌入侵第一次取得完全胜利的民族解放战争。这场战争是以国共两党合作为基础，有社会各界、各族人民、各民主党派、抗日团体、社会各阶层爱国人士和海外侨胞广泛参加的全民族抗战。

《捧着一颗心来　不带半根草去——人民教育家陶行知》

陶行知是我国现代教育史上伟大的人民教育家、教育思想家。他从青年起就立志献身教育事业，以"捧着一颗心来，不带半根草去"的赤子之忱，为人民的教育事业鞠躬尽瘁。

《为民主与和平拍案而起——民主斗士闻一多》

闻一多早年与梁实秋等人发起成立清华文学社。赴美留学期间由对祖国的深深眷恋而创作著名的《七子之歌》。后在西南联大任教8年，积极投身于抗日运动和争取民主的斗争，发表了著名的《最后一次讲演》。

《铁窗难锁钢铁心——革命先烈王若飞》

王若飞是我党早期杰出的无产阶级革命家。在艰苦卓绝的斗争中，他出生入死，屡建奇功，以超人的睿智和胆略，在敌人的监狱中，同敌人展开了殊死的较量，为抗战的胜利和新中国的诞生作出了卓越的贡献。

《横扫千军　还我河山——抗联名将李兆麟》

李兆麟是东北抗日联军创建人之一，他率领抗日联军历尽千难万险与日本侵略者浴血奋战，在极其艰苦的条件下，保存了抗日联军的有生力量，为东北光复作出了重大贡献。

《锄头开出新天地——解放区大生产运动》

为了解决困难，渡过难关，党中央号召党政军民齐动手，开展大生产运动。中国共产党在其控制区域内发动的一场军队屯田和鼓励生产的群众运动，达到了自己动手丰衣足食，共渡难关，既进行革命又进行生产自足的目的。

《生的伟大　死的光荣——女英雄刘胡兰》

刘胡兰（1932—1947），坚贞不屈的少年女英雄。生前对我国劳动人民的解放事业无限忠诚，在敌人威胁面前，大义凛然，毫无惧色，英勇牺牲，表现了共产党员的高贵品质。

《饿死不领美国救济粮——爱国知识分子的楷模朱自清》

朱自清作为爱国知识分子的典型，以锐利的笔锋直言痛斥反动政府的暴行，体现了他崇高的爱国情怀和不畏恶势力的精神品格。毛泽东曾给朱自清先生以高度评价："一身重病，宁可饿死，不领美国的'救济粮'"，"表现了我们民族的英雄气概"。

《为了新中国　前进——舍身炸碉堡的董存瑞》

伟大的英雄，中国人民的儿子董存瑞，从儿童团长成长为一名光荣的解放军战士，在1948年解放隆化县城时，舍身炸碉堡，为新中国献出了自己年轻的生命。他的英雄形象永远留在人民心里。

《宁死不屈的共产党员——革命烈士江竹筠》

江竹筠，就是著名的江姐。1947年春，她负责《挺进报》工作，只几个月的时间，报纸就发行到1600多份，引起了敌人的极大恐慌。由于叛徒出卖，江姐不幸被捕，惨遭毒刑的残酷折磨，仍坚贞不屈。最后被特务秘密枪杀，年仅29岁。

《抗美援朝　保家卫国——志愿军的战斗故事》

抗美援朝战争是中国人民志愿军为援助朝鲜人民、保卫祖国安全，与美国为首的"联合国军"发生的战争。在朝鲜牺牲的十几万名志愿军烈士，他们英勇的战斗事迹、保家卫国的精神值得我们发扬光大。

《上甘岭上壮烈歌——黄继光和他的战友们》

在1952年10月的上甘岭战役中，黄继光和他的战友们在零号阵地半山腰被敌机枪火力点压制，此时，黄继光身上已经多处负伤，手雷也已全部用光。为了完成任务，减少战友的伤亡，他用自己的胸膛堵住正在扫射的敌机枪射孔，为反击部队扫清了前进的道路。

——抗日女英雄赵一曼

《丹青书壮志　一生傲骨存——著名画家徐悲鸿》

在现代中国美术教育史上，徐悲鸿是兼采中西艺术之长的现代绘画大师，前驱式的美术教育家。作为中国现代美术的奠基人，在抗战的日子里，徐悲鸿用自己独特的方式支持了中国革命事业，培养了一大批美术人才。

《诗书印画　全入神品——国画大师齐白石》

齐白石出身贫寒，做过农活，当过木匠，后改学雕花木工，从民间画工入手，摹古人真迹，学诗文书法，融汇古今，而诗、书、印、画俱佳；他将中国画的精神与时代的精神统一得完美无瑕，使中国画得到国际的重视，无愧于"国画大师"的称号。

《毕生为文化而奋斗——中国第一出版家张元济》

张元济参与、主持和督导商务印书馆近六十年，使其从简单的印刷企业转变为当时中国教育出版的旗帜。张元济一生爱书，在中华大地动荡不安的年代里，他用自己对文化的热爱，续存着中华民族灿烂悠久的文明之光。

《独树一帜　梨园大师——著名京剧表演艺术家梅兰芳》

梅兰芳，京剧大师，演唱风格独树一帜，世称"梅派"。曾先后赴日本、美国、苏联演出，并荣获美国波摩那学院和南加州大学的荣誉文学博士学位。作为一位爱国者，抗战期间蓄须明志，拒绝为日本人演出，为后世称颂。

《华侨旗帜　民族光辉——爱国侨领陈嘉庚》

陈嘉庚是著名的爱国华侨领袖、企业家、教育家、慈善家、社会活动家。他为辛亥革命、民族教育、抗日战争、解放战争、新中国的建设作出了卓越的贡献。生前被毛泽东誉为"华侨旗帜、民族光辉"。

《向雷锋同志学习——伟大的共产主义战士雷锋》

雷锋，一个平凡而伟大的共产主义战士，一心向着党，一生秉承着全心全意为人民服务、无私奉献的崇高思想；发扬刻苦学习和钻研理论的"钉子"精神；坚持勤俭节约、艰苦奋斗的优良作风。毛泽东为其题词："向雷锋同志学习"。

《人民的好公仆——县委书记的好榜样焦裕禄》

焦裕禄，被誉为县委书记的好榜样。他用自己的革命精神，展开了与大自然、与社会落后现象、与病魔的多重抗争，让我们领略到一个共产党人的生之伟大、死之壮美的人格品质和具有现实教育意义的精神魅力。

《文学巨匠 京味大师——人民作家老舍》

老舍是我国现代小说家、文学家、戏剧家。他用融入骨髓的真诚文字反映生活的喜怒哀乐。老舍的一生，总是在忘我地工作，他是文艺界当之无愧的"劳动模范"，生前被北京市人民政府授予"人民艺术家"的称号。

《革命老人——无产阶级教育家徐特立》

徐特立是一代伟人毛泽东的老师。他出生在贫苦家庭，大部分时间生活在动荡艰苦的年代；他刻苦勤奋，不畏艰辛，追求光明，一生勤俭，为革命培养了大量的人才；他对党和人民任劳任怨，鞠躬尽瘁。他坎坷奋斗的一生，留下了许多可歌可泣的故事。

《人生能有几回搏——新中国第一个世界冠军容国团》

容国团先后担任中国乒乓球队运动员、女队主教练。获得1959年男子单打世界冠军；1961年夺得男子团体世界冠军；作为中国女队主教练，1965年率女队第一次夺得女子团体世界冠军。他的"人生能有几回搏"的豪言，举国传诵。

《石油工人一声吼 地球也要抖三抖——铁人王进喜》

王进喜，新中国第一批石油钻探工人。他为祖国石油工业的发展和社会主义建设立下了不朽的功勋，在创造了巨大物质财富的同时，还给我们留下了宝贵的精神财富——铁人精神。他被评为"百年中国十大人物"，写入中华民族的光辉史册。

《做人民需要我做的事——著名地质学家李四光》

李四光是一位伟大的科学家，他一生从事地质学研究工作，足迹遍布祖国的山川，为祖国探明了许多地下宝藏；他创建了崭新的学说——地质力学；他历尽重重困难，为正确认识地质构造开辟了一条新路。

《中国化学工业的先驱——著名化学家侯德榜》

为摆脱纯碱需要进口的窘况，20世纪初，怀着"实业救国"梦想的中国化工先驱侯德榜等人创办了永利碱厂，并立志生产出中国人自己的碱。1926年，永利碱厂终于成功地生产出"红三角"牌纯碱，从此中国制碱业得以跨入世界先进行列。

《毕生求是 一丝不苟——著名科学家竺可桢》

著名科学家竺可桢献身科学研究；治学严谨，一丝不苟；一生廉洁，两袖清风；作风民主，爱护学生。他以爱国之心、报国之志，从一个民主主义者逐渐成长为一个共产主义战士。

《热爱自然的大地之子——著名植物学家蔡希陶》

蔡希陶，五十载风雨，五十载坎坷，五十载奋斗，五十载开拓，为了发现对人类生产、生活有用的植物及新物种的引进而作出巨大贡献，在中国的植物资源学史上将永远镌刻着他的名字。

《高洁无私的襟怀——知识分子的楷模蒋筑英》

蒋筑英是中国当代知识分子的先锋典范，他不为名，不为利，尊重科学；他以坚韧的毅力和顽强的作风，在科学的道路上呕心沥血，鞠躬尽瘁，无私地奉献了青春和生命。

《迎接新生命的天使——卓越的妇产科专家林巧稚》

林巧稚是国内外享有盛誉的妇产科专家。在五十多年医学教育和临床实践中，林巧稚亲自接生了五万多婴儿，治愈了数千病人，培养了数以百计的专门人才，为我国的妇女儿童事业作出了不可磨灭的贡献。

《独自成千古 悠然寄一丘——国画大师张大千》

张大千是20世纪中国画坛最具传奇色彩的国画大师，无论是绘画、书法、篆刻、诗词无所不通。在艺术界深得敬仰和追捧，艺术家们用真挚的感情，用绘画和雕塑展现了"张大千"多彩的艺术形象。

《建造中国的通天塔——著名数学家华罗庚》

中国当代著名数学家华罗庚，为中国数学的发展作出了无与伦比的贡献，他是中国解析数论、典型群、矩阵几何等多方面研究的创始人与开拓者，也是我国最早将数学理论研究与生产实践紧密结合的科学家。

《问鼎长天　强我国威——两弹元勋邓稼先》

邓稼先是我国著名科学家，参加组织和领导我国核武器的研究、设计工作，从对原子弹、氢弹原理的突破和试验成功及其武器化，到新的核武器的重大原理突破和研制试验，作出了重大贡献。是我国核武器理论研究工作的奠基者之一，被誉为"两弹元勋"。

《敢叫天堑变通途——桥梁专家茅以升》

中国著名的桥梁专家茅以升从小立志为祖国建造桥梁，经过不懈努力，他不仅设计建造了一座座宏伟壮观、坚固实用的道路桥梁，而且搭建了一座座友谊之桥，为祖国建设作出了卓越贡献。

《蘑菇云之梦——核物理学家钱三强》

被誉为"中国原子弹之父"的核物理学家钱三强，更名后立志于科技报国；24岁投师于世界著名核物理学家居里夫妇；与夫人何泽慧合作，发现铀的"三分裂"、"四分裂"现象；统领我国的原子大军，做了大量创造性工作。

《两离桑梓地　满怀雪域情——领导干部的楷模孔繁森》

孔繁森，是一位一尘不染、两袖清风的好干部。两次进藏工作，历时十载，为西藏的建设、发展和稳定作出了突出的贡献。1994年11月，孔繁森不幸以身殉职。人民群众称他为新时期领导干部的楷模。

《摘取数学皇冠上的明珠——著名数学家陈景润》

陈景润是享誉世界的著名数学家，为了证明"哥德巴赫猜想"，他以惊人的毅力在数学领域里艰苦跋涉，终于攻克了世界著名数学难题"哥德巴赫猜想"中的"1＋2"，创造了中国乃至世界数学史上的辉煌。

《学术独步 饮誉四海——享有国际威望的科学家卢嘉锡》

卢嘉锡是一位在国际科学界享有崇高威望的物理化学家、化学教育家和科技组织领导者。1945年，卢嘉锡满怀"科学救国"的热忱回到祖国，对中国原子簇化学的发展起了重要推动作用，他所指导的新技术晶体材料科学研究，也取得了重大成绩。

《德艺双馨 梨园楷模——著名豫剧表演艺术家常香玉》

常香玉1941年赴陕甘演出。1948年在西安创办香玉剧社。1951年为支援抗美援朝，率剧社巡回西北、中南、华南各地演出，以演出收入捐献"香玉剧社号"战斗机一架，素有"爱国艺人"之誉。

《文学大师 激流勇进——著名作家巴金》

本书以巴金生平和主要事迹为线索，回顾和展示现代著名作家巴金的一生，以期让人们看到巴金在这风云变幻的100年中，有过成功的欢欣，有过屈辱的磨难，有过痛苦的忏悔，有过平静的安宁。巴金的人生，映照着一代中国"五四"知识分子坎坷而不平凡的命运。

《壮心系科学 孜孜为国昌——理论化学家唐敖庆》

本书讲述了唐敖庆从出国求学、学业有成、回国任教，到服从安排、艰苦工作、刻苦钻研，最终成为中国量子化学奠基者的过程。让人们看到了这位著名化学家的赤心爱国、严谨治学、大公无私的崇高品格和科研上的卓越成就。

《中国导弹之父——著名科学家钱学森》

当第一颗原子弹升空的时候，当中国的人造卫星奏响《东方红》的时候，当中国运载火箭腾空而起的时候，当中国研制的导弹准确命中目标的时候，人们都会联想起他的名字：中国导弹之父钱学森。

《中国近代力学的奠基人——著名科学家钱伟长》

钱伟长曾以中文和历史两个100分的成绩考入清华大学。九一八事变后，钱伟长毅然放弃了文科的学习而转为理科。他是中国近代力学、应用数学的奠基人之一，在固体力学、流体力学以及航空航天领域，取得了卓越的成就，为新中国的现代化建设付出了毕生的精力。

《中国光学科学的奠基人——著名科学家王大珩》

王大珩是我国著名的科学家，中国光学科学的奠基人。他先在清华就读，后赴英国求学，学业有成，立志科学救国，其成就享誉神州。他以科学的求是精神和赤诚的爱国情怀，探索着中国光学发展的闪光之路。

《从苦孩子到大明星——著名舞蹈家陈爱莲》

陈爱莲出生在上海，1952年从孤儿院考入中央戏剧学院附属舞蹈团学习班，1959年因主演了中国第一部芭蕾舞与中国舞蹈相结合的舞剧《鱼美人》而一举成名。如今，陈爱莲从事舞蹈艺术工作已超过半个世纪，却依然"青春常在，功夫不减"。

碧血染将天地红 bi xue ran jiang tian di hong

——抗日女英雄赵一曼

中华**魂**百部爱国故事丛书
ZHONGHUAHUN